JN323005

生きる勇気

アウシュヴィッツ 70年目のメッセージ

MUT ZUM LEBEN : DIE BOTSCHAFT DER ÜBERLEBENDEN VON AUSCHWITZ

クリスタ・シュパンバウアー、トーマス・ゴンシオア　笠井宣明 訳

原書房

目次

［注］
本書は、クリスタ・シュパンバウアー、トーマス・ゴンシオアによるインタビュー形式をとっているため、文頭が下げられ◥　◣で括っている箇所が、4人のオーラルヒストリーになっている。
本文中で、日本語に翻訳されていない書籍・映画は、内容がわかるように仮の書名と「＊」を付けている。

まえがき

ホロコーストで起きたことを、もう二度と人類が体験することのないようにするためには、想像し難い苦しみの記憶をもち続けるだけでは足りないだろう。私たちは、あらゆる形の非人道的行為に抵抗する勇気をもつ必要がある。そして、同情と隣人愛が権力と弾圧よりも、強いものだということを確信していなければならない。本書の中で、勇気と確信の気持ちが、これ以上の表現が見当たらないほど感銘的、感動的によく表されている。この残虐極まりない地獄の中を生き延びてきた4人の生き証人は、人間であるとはいかなることかを、心に迫りはっきりと示している。

ゲーラルド・ヒューター教授　脳科学者

「アウシュヴィッツはもう二度と繰り返してはならないという命題は、教育の最初期に学ぶべきことである」とは、テオドール・アドルノが語ったことだ。この意味で、本書が私たちを強め、励ましてくれる。二一世紀に向けて若い世代に責任と常識を身に付けさせたかったら、クリスタ・シュパンバウアーとトーマス・ゴンシオアが実行したようにするしかないだろう。私たちと次世代のために生存者が言い残してくれたことを守り、語り続けていき、そして、将来を共に考えていくことだ。

マーグレット・ラースフェルト　進歩主義教育者および校長

序章

人間性の痕跡を追って

アウシュヴィッツでは、百万人をはるかに超す犠牲者を生んだ文明史上、人類最大級の襲撃が行われた。どうやって生存者は、この襲撃を切り抜けることができたのだろうか？　彼らが生きる、生き残る、さらに生き続けていく支えとなったのは何だろう？

この疑問を抱えて、私たちは、二〇一一年の末に『生きる勇気』の痕跡を探しに出た。旅は2年にも及んだ。私たちは4人の非凡な人間と出会った。その4人とは、ハンブルクの歌手エスター・ベシャラーノ、ハンガリーの作家エーファ・プスタイ、イスラエルの画家イェファダ・バコン、それにイスラエルの歌手グレタ・クリングスベルクで、その後彼らの活動、たとえば講演、コンサート、展覧会などをカメラで追った。彼らに共通していることはアウシュヴィッツの生存者であるということだ。私たちは、彼らのホームタウン、ハンブルク、ブダペストそれにイスラエルを訪れ、彼らの家族や友人とも知り合った。しかし、それだけではなく、旅は人類史の影の域へも連れて行った。たとえば、ビルケナウ、ブーヘンヴァルト、ラーフェンスブリュックなどの強制収容所だ。彼ら生存者を同伴して、出来事を保存してあるエルサレムのヤド・ヴァシェム・ホロコースト記念館、エアフルトの記念館トップ&ゾーネ〈アウシュヴィッツのストーブ製造会社〉を訪ねもした。

何度も彼らとじっくりと語り合ったことで、私たちは、彼らの胸の奥底に根ざす傷の証人となり、また和解がもたらす治癒力の証人ともなった。数年前から抱いていた疑問の答えも出てきたが、それから新たな疑問も私たちの内に湧いてきて、長い間これについても考えさせられることになった。

本書では、アウシュヴィッツの解放から70年経つ今日、エスター・ベシャラーノ、エーファ・プスタイ、イェファダ・バコン、そしてグレタ・クリングスベルクが、老年の分別のある目で当時の出来事を顧みている。ただ生き残るためだけではなく、さらに生き続けていくために、そして人生と人間への信頼を取り戻すために、どんなことが助けになったかを語っている。その中で、人間であるということは、どういうことなのかという基本的な疑問が濃厚になっている。たとえば、人間の抵抗力、人間の破壊不能な生きる勇気と生命力、最低の状況下ですらも放棄しない人間の尊厳、同情と最悪の状態でも人間性を保つ能力、これらを生存者はどうやって伝えていったらよいのか？　私たちと次世代のためのこの知識を守っていくことが、本書の意図するところである。

人間性を守ろうとする意志

アウシュヴィッツ・ビルケナウという名前は、人類史上最大の犯罪、それは国家社会主義者によるヨーロッパ・ユダヤ人の集団殺戮と結びつき、いかなる名称もこれには及ばない。アウシュヴィッツという場所は、人間が同胞に対してできる限りの悲惨な仕打ちと結びつけられていて、いかなる場所も比較の対照にはなりえない。よりにもよって、この残虐非道の地で、私たちは、生きる勇気と人間性の生存を探そうとしているのだろうか？　これは、まったくのナンセンスか、初めから失敗に終わる狂気の沙汰なのだろうか？

アウシュヴィッツに近づいた者は、人間の地獄を目の当たりにし、苦悩、犠牲者の苦しみ、犯罪者がいかに残忍なことをしたか目撃することだろう。とはいえ、これらの苦しみのさなかでも、私たちは何度となく忘れがたい人間性の痕跡と遭遇した。数多くの些細な事柄ながらも、寛大な助け合いの精神と連帯感の話を、生存者の語る中から聞きとることができた。例を挙げると、最後のパン切れを絶望的な飢えに苦しんでいたにもかかわらず、他人と分け合ったり、高電圧フェンスの向こう側で飢えている子どもたちに、命がけでスープを手渡しに行ったりした行為だ。「私たち、互いに助け合ったものだわ。連帯感が本当に大きな意味をもっていたの。収容所全体でね」とエスター・ベシャラーノは回想している。最後の最後にホロコーストから逃れてニューヨークへ移民してきた精神分析学者アルノ・グリューンにとって、このことは、人間が極限状態にある時でさえも、同情する能力が基本的にまだ備わっていて、人間性の核心を守り続けることができるのだという明確な表現であるようだ。インタビューの中で彼は次のように述べている。「尊厳を維持すること、数え切れないほどの些細な助け合い、そして生き残ることそれ自体が、絶滅収容所では言語に絶する恐怖に対する集団的抵抗だったんです」

震撼はさせられたが、打ち砕かれはしなかった

アウシュヴィッツ・ビルケナウ収容所、2013年9月

それにしても、生きることへの、愛を信じることへの信頼を失わない生存者がもっていた能力とは、何を根源にしているのだろう？　体験した苦しみから意義を見出す力を、これをさらに人間的で芸術的なものに変えていく力を、彼らは、どうやってそういう力をつけているのだろう？

これらの問いは、私たち皆にとって、とりわけ現代レジリエンス〈心理的回復力〉研究にとっても大きな関心事である。ホロコーストの生存者たちが一九七〇年代初期に医学界での根本的なパラダイム・シフト〈その時代および分野で当たり前だと考えられてきた思想、認識、ないし価値観などが劇的に変化すること〉のきっかけを与えたからだった。医療社会学者アーロン・アントノフスキーが、強制収容所の生存者も含まれている女性から成るグループで実験を行った際、女性たちの高い割合が、かなり物理的・心理的負担を負ったにもかかわらず、精神的かつ身体的に良好な状況にあったことがわかり、アーロン・アントノフスキーは驚いていた。このことについて彼は関心を寄せ、これは後に医学における基本的な新しい問題提起を導くことになった。つまり、「人間の身体を健康に保たせるものは何なのか、人間の精神を幸福にするものは何なのか?」などの人間の健康を促進維持する要素を中心に考える健康感覚、幸福感が誕生したと言える。このアントノフスキーの説は、将来の方向を示す基準であるべきで、健康と病気の視点からすると、革命的なものである。錯乱したトラウマ状態の人生経験を克服するだけではなく、考えられるすべての可能性に対して、さらに人格的に成長する能力、非常時にある人間の資質と抵抗力を観察するレジリエンス研究は、アントノフスキーが起こしたものだ。

この抵抗力の中に、アウシュヴィッツの生存者でもある心理学者のヴィクトール・フランクルは、人間の存在の壊すことのできない核心と、人間の最終的な自由を見出した。彼が立論した実存分析の中心では、どんな生活状況からでも、それがどんなに我慢に耐えないものでも、意義を見出すことができる能力を人間は備えているという確信が立てられている。「人が避けることができない運命を背負い込んだようなもので、その中で最悪の状況でさえも、そして命ある限り最後の最後まで人生を意義あるように形作る可能性が豊富にあるのだ」(1

本書を通して、このことを証言している人間と遭遇できるだろう。彼らは、他の多数のホロコースト生存者がそうであったように、言語に絶する苦悩にもかかわらず、肉体的にも精神的にも生き続けることに成功したのだ。そして、彼らはまったく絶望的で驚愕を感じる時でも、人間として耐える意志を捨てなかった。

生存者のメッセージ

読者の皆さんは、本書で4人の生存者と遭遇し、彼らの言葉に何の辛辣さも、憎しみも見出せないことに何度も自問するかも知れない。彼らが放つ善意、温情は、彼らが見た人間の悲惨な光景、彼らが自分の身体を通して体験した行為とまったく対照的だ。今日、彼らと出会う者は、不屈の生命力、不滅の希望、そして深い人類愛に遭遇することだろう。どうやったら、このような楽観的姿勢を保っていられるのだろうか？　この問いに、私たちは本書の中で対峙していきたいと思う。

苦痛な人生経験で衝撃は受けたが、それでも砕かれなかった人間から、私たちが多くのことを学べることは疑いの余地はない。イェファダ・バコンは、青年の時にさらされた苦しみから、何らかの意義を見出せるかどうかの質問に次のように答えた。「自分の存在が根本から深く揺さぶられて初めて他人の身になって考えられるから、そういう意味では意義があるんです」。この画家の生涯の芸術作品は、和解へ向けられた姿勢を表現している。この姿勢とは、胸の内にこもった苦痛の転換に基づいている。体験した苦痛を押しのけることなく、耐え抜いて、そして変貌の可能性を探す。この中にこそ、本書に出て来る4人の人格の大きさがある。

彼らの身に起きたことは、誰ひとりとして体験すべきではない。だからこそ、4人の証人は、今日もなお精力的に活動しているのだ。ネオ・ナチズムの危機を若者に警告するため学校へ赴き、朗読や彼らの体験談について講演したり、ファシズムや排外思想に対して政治的に活動している。彼らは、和解のための意志、不屈な抵抗力と創作力を、書物、絵、そして音楽の中で表している。彼らのメッセージは明確だ。憎しみの代わりに愛、恨みの代わりに和解、泣き寝入りの代わりに抵抗。

本書で、私たちは、国家社会主義の非人道的なことについての知識の上に、人道的な生存者の語りを付け加えようと思う。どんな方法にせよ出来事を些細なこととして扱うためではない。まったく逆である。私たちすべての人間がもっている人道性を守る意志を強くするため、市民の勇気と抵抗力を起こす気力をつけるため、そしていかに人間の生命が大切でかけがえのないもので、同時に傷つきやすいものかを読者に認識させるためである。

人生

MenschenLeben

君たちの光をそろそろ見せておくれ

ネリー・ザックス

ESTHER BEJARANO　エスター・ベシャラーノ

1章　それでも、生きる

「私は、生き残れたんだから、また生きはじめなきゃ、そしてあのようなことが二度と起きないように、力を尽くさなくっちゃいけない」

2011年11月10日
ハンブルクにて

かつてエスター・ベシャラーノは、アウシュヴィッツの女子合唱団で命がけで歌わなければならなかった。現在の彼女は89歳で、次世代の音楽家たちと舞台に立って、極右主義と排外主義への抵抗を呼びかけている。音楽を通じて、歴史から何も学んでいない人々と戦っている。だから、今日もまだなお彼女は舞台に立っている。そして、89歳でラップ歌手とも共演している。「別に、この種の音楽が特別好きだというわけでもないのよ。ただ、ラップだと若者たちと交わりやすいのね」と言って茶目っ気に笑った。そして成功もしている。ヒップ・ホップ・バンド「マイクロフォーン・マフィア」と息子のヨーラムと共に、コンサートをして回っている。自分たちの音楽を通して、寛容さと国際理解のために鮮明な意志表示をしているのである。ドイツ国境を越えて、エスター・ベシャラーノは、不撓不屈の戦士としてその名を知られている。二〇一二年には、長年住んでいるハンブルクで連邦功労十字勲章を受けた。

音楽は、彼女の人生で当初から重要な役を果たしていて、今日までの彼女にとって命の泉である。「音楽なしでは、私たち家族は何にもできないのよ」と幼年期を思い出しながら言った。幸せだった時代は、一九三五年、ヒトラー軍がザールラントへ侵入したことで突如終わりを告げた。排斥と権利剥奪の年が始まり、これに強制連行と多数の愛する人々の惨殺が続いていった。一九四三年、エスター・ベシャラーノ自身もアウシュヴィッツへ連行された。

当時は不正に対して抵抗できなかった彼女だが、現在は違う。多年、ドイツのアウシュヴィッツ委員会会長として、人間の尊厳と人権が脅かされている所なら、どこへでも足を延ばし活動している。また、極右主義と排外思想が姿を見せている所でも身体を張って向き合っている。欧州連合が現在行っている難民政策にしろ、ヨーロッパの国々で見られるロマ（ジプシー）の除外にしろ、あるいはイスラーム教徒への差別にしろ、そこへ行って声を上げている。エスター・ベシャラーノは、不正の臭いを少しでも嗅ぎつけると、誰よりもいち早く警告を発している。見て見ぬ振りをせず、きちんと凝視して行動する。これが彼女の人生訓だ。だからこそベシャラーノは、世界中の悲惨な事件報道に対して「所詮何もできはしないんだから」という煮え切らない意見を頻繁に言いたがる若者への警告者、もしくは行動を伴う模範者となり得るのだ。

このような活動的な女性には、私たちの映画に是非とも出演してもらいたかった。最初に連絡をとってから、エスター・ベシャラーノから、「水晶の夜《クリスタルナハト》（一九三八年一一月九〜一〇日にかけてドイツ各地で起こった反ユダヤ主義運動）」の記念イベントにハンブルクへ来るよう誘われた。ハンブルクで彼女は、二つのコンサートを開く予定があり、これを撮影してもよいということであった。

最初の出会いは、スムースではなかった。ちょうどエスターがステージから疲れて引き上げて来たところで、風邪をこじらせて次のコンサートで声が続くかわからない状態だった。したがってその表情は、期待をいっぱいに抱いていた私たちの面持ちをカメラ越しに見るのは、お世辞にも嬉しそうといえない表情だった。「よりによって、あなたたち、今やって来たの！」と乗り気でない声をかけられた。彼女を知らない人々に伝えておくが、エスター・ベシャラーノという人物は、強烈な個性で、嘘のない正真正銘、率直な人間である。彼女と対峙する場合、知っておかなければならないことがある。彼女を屈従させたり、見放したりすることは不可能だということを。何故なら、彼女のほうも相手に強い個性を期待しているからだ。とはいえ、エスター・ベシャラーノがいかにユーモアに富み、心の温かい人間であるか、私たちにはすぐにわかってきた。

彼女が歌いはじめたとたん、疲れがまるで飛び散っていくかのようで、舞台を見る者は、文字どおり彼女の抵抗力の魂から熱狂させられ、彼女の生きる勇気に感染させられる。ベシャラーノは、人を絶えずカリスマ的魅惑の中へ引き込んでいく。「私たちは生き抜いて体験する。悪しき時も乗り越えて。私たちはそれでも生きる。私たちはここにいる！」と夜遅くまで歌っている。そして両手を大きく上へ向けて振っている。そう、エスター・ベシャラーノは生き残ったのだ。今日なおステージに立っていることこそが、彼女自身にとっては国家社会主義が行っていた絶滅計画に対しての大勝利なのだ。非人道的行為に打ち勝った勝利なのだ。残酷極まりない行為の犠牲者となった大多数の人々すべてを祈念してエスター・ベシャラーノらが挙行している勝利なのだ。

翌日の午前、私たちはカメラマンチームと共に不安な胸騒ぎを抱えながら、彼女のアパートのドアの前に立っていた。体力が要る、カメラの前でのインタビューに十分に応じられるだけ健康だろうか、そうでなかったらどうしよう？　これらの危惧とは逆に、エスター・ベシャラーノは私たちを温かく迎え入れてくれた。かなり風邪をこじらせているものの、インタビューに集中し、感情を込めて語りはじめてくれた。

◤私は箱入り娘で、両親はリベラルな考えの持ち主でした。生まれはザールルイですが、一年後には、父がザールブリュッケンでユダヤ教会の上級聖歌隊長の職に就いたため、彼の地へ引っ越しました。というわけで、最初の幼年期10年間は、ザールブリュッケンで何の苦労もない楽しい時期を過ごしました。

父が上級聖歌隊長なので、私たちは宗教的行事を守り、ユダヤ教習慣の掟に従って家事をやりくりしていました。家へ訪ねて来た客のためにも、せめてそうしなければならなかったんです。私たち子どもは、規則的にユダヤ教会へ行きましたが、嫌なことではなく、たいていは楽しかったと言えます。それは、魅力的なラビがいて、私たち女の子は皆、彼に憧れていたからなんです。

音楽は、我が家でいつも大切な役割を果たしていました。こういう環境で育ったので、音楽のない人生なんてちょっと想像がつかないんです。

私たち家族は、機会あるごとに一緒に歌い、父はピアノで伴奏してくれたものです。父自身も素晴らしい声の持ち主で、私たちのために全アリアを歌ってくれました。またよく内輪でホームコンサートをしました。そんな時には、当時をよく覚えているんですが、外から人が集まってきて聞き入っていたものでした。我が家の生活はそんな感じでした。両親は、子どもたち全員に楽器を習わせるように気をつかっていました。私の場合はピアノを習いました。家族の皆に愛された祖父が亡くなって喪期の間、私たちは音楽が禁じられました。本当に辛い時期で、音楽が恋しくてたまらなかったのです。まさにこの厳しい時勢にはなおさらのこと。一九三五年にはヒトラーがザールブリュッケンへ侵入し、ドイツ帝国に統合されて、厳しい時期の幕開けになります。それ以前にも反

1928年ザールブリュッケンにて。エスター（中央）が、兄弟のルート、ゲアディ、トスカ（左から）と一緒に遊んでいるところ。
「父はいつも私に『本当にやんちゃな子どもだった』と言いました」

ユダヤ主義的な雰囲気を感じていたものの、当時起こったことと比べると比較になりません。ユダヤ人敵対法規が次々と制定されていきました。私たちは、たいていの店へは入れなくなり、映画館へも劇場へも行けなくなり、そして文化的催しにも参加できなくなったのです。至る所に「ユダヤ人立入禁止」の表示が掲げられていたんです。私たち子どもは、それまで通っていた学校から追い出され、ユダヤ人学校へ行かされるようになりました。それ以降は、周囲からも孤立していったというわけです。遊び仲間は、突然私たちと関わろうとしなくなり、一緒に遊ぶことを拒否していったのです。こんな仲間はずれにされることは、子どもにとって非常に耐えられないことで、せめてもの慰めは、ザールブリュッケンにはまだ父が活動していたユダヤ人文化連盟があり、そこの文化的催しに参加することができたことです。また、ユダヤ人学校では私たちは舞台劇を上演しました。

父がウルムで新しい聖歌隊長の職に就いたため、一九三六年に今度はウルムへ引っ越しました。この時期にかなりの数のユダヤ人市民がドイツから出国して行きました。私たちはと言えば、残念ながら見合うだけの財力がなかったので、ドイツから出て行くことはできませんでした。父は外国で職を得ようと努力はしていたものの徒労に終わり、ドイツに居残るより仕方がなくなりました。ウルムでは、私は大変な幸運に恵まれました。それは、郊外の進歩的なユダヤ人学校へ通うことができたからです。両親の所から毎朝、登校しました。この学校は、生徒に多数の外国語を勉強させ、外国へ亡命するために備えさせていたわけです。一九三七年、両親は、ナチのテロから守るために、姉のトスカと兄のゲアディを外国へ送り出すことに成功しました。トスカはパレスチナへ、ゲアディは叔母がいるアメリカへ行くことになりました。母は二人の子どもを手放した不安を、当時、克服

1939年、エスター、両親母マーガレーテと父ルードルフ・ロェーヴィと共に

することができず、重度の鬱病になってしまいました。そうこうしている間に、私たちを囲む状況は悪化していきました。一九三八年一一月九日「水晶の夜」の惨憺たる暴動後、何が何でも家族全員を外国へ逃がさないと手遅れになると、父にははっきりわかってきたようです。しかしこの夜、父は他のユダヤ人男性らと刑務所へぶち込まれ、三日後に解放されて出てきました。おそらく、父が「半ユダヤ人」だったからだと思います。他のユダヤ人は、ダッハウへ無理やり連れて行かれました。

それから父は、私をパレスチナへ移住させることを目的とした準備コースへ送りました。このコースは、ベルリンの近郊にあり、この種の準備コースは、当時まだ許されていました。ナチにとっては、私たちに国から出て行ってほしかったんですもの。ともかく私たちが国外へ行ってしまえばそれでよかったんです。でも戦争が勃発すると事情が変わり、労働力が必要となりました。その結果、準備コースはなくなってしまい、私たちは皆、強制労働収容所へ連れて行かれました。私は、幸運にもノイエンドルフの収容所へ連行され、昼間は花屋で働かされていましたが、店の主人はナチ党員ではなく、私をとても温かく扱ってくれました。しかし一九四三年に労働収容所も閉鎖されてしまい、四月にはトラックに詰め込まれベルリンへ連れて行かれました。そこには、ベルリン周辺に住むユダヤ人のための中継収容所が、かつてのユダヤ人老人ホームの中に設けられていました。そこから、私たちは家畜運搬貨車に詰め込まれ、東へと強制連行されました。数日間、ほとんど息もできないほどギュウギュウに押し込められて、座ったままの状態でした。それは、想像を絶する生き地獄でした。老人と病人は、この移動中に死んでいきました。何日か経ってやっと車両は止まり、戸が開きました。到着はしたのですが、どこなのかまったくわかりません。トラックがホームに寄せて駐車してありました。それから、子連れの母親、妊婦などの歩行のおぼつかない者は、収容所へ運ばれるので、トラックへ乗車するように伝えられました。妊婦や弱者を思いやってくれているのだから、そんなに悪い状況にはなるはずがないと、その時は思いました。後になって、連れて行かれた身内を探しはじめ、発見できなかったことで、やっと身内らがガス室へ連行されたことを知らされたんです。当初は、何が私たちを待ち受けているのかわかりませんでした。アウシュヴィッツに恐ろしい収容所が存在するということは聞いてはいたものの、それが絶滅収容所だとは知りませんでした。

アウシュヴィッツは表現できないほど想像を絶した場所です。私はそこで自分が見たすべてを語ることもできないし、忘れることもできないんです。これらを背負って生きるだけなんです。ただ鳥肌の立つような夢、数年にわたり毎晩見続けた夢を今はもう見ないだけでも重荷がとれて、ほっとしています。親衛隊員が身震いのするようなブーツを履いて踏み鳴らす夢をです。

でも私は本当に運がよかったと言えます。だってひとりじゃなかったんですもの。大勢の友だちと一緒に到着しました。まさにこれこそが、私たち全員にとって大きな支えとなりました。私たちは、お互いに助け合いました。アウシュヴィッツで見たり、体験したりしたすべての非人道的なことに耐えられたのは、互いに助け合い支え合っていたからです。この連帯感が、とてもとても大きな役割を果たしていました。収容所全体でね。団結なんです。人間に生きる勇気、生き残る勇気を与えるのは。「私たち、どんなことがあっても絶対、最後まで耐え抜かなくっちゃ」と互いに何度も繰り返し言ったものでした。もちろん、この非人道的行為に耐えられなくなった人々もいました。そういう人々の多くは、高電圧フェンスに飛び込んでいって自殺をしました。私自身は自殺しようと思ったことはなく、このおぞましいナチスに復讐してやるためにも、絶対に生き続けたいと思っていました。逃げ出せる、生き残れるといつも切願していました。私がこの地で見たことを証言したかったんです。この思いが、私を生き延びてこさせたのだと思えてなりません。

もちろん、お互いの強い連帯感があったからです。私は一度重度のチフスを患い、病室へ運ばれました。そこでは死ぬのを待つか、あるいは、ガス室へ運ばれて行くかのいずれかでした。予想に反して、ここではポーランド人の看護婦が、私のことを非常に親身になって世話をしてくれました。私は彼女のことをまったく知らず、彼女も私のことなんか知らなかったんですが、ともかくこの女性が私の命を救ってくれました。私はうわごとを言っている状態で、何も食べることができませんでした。どこからかわかりませんが、このポーランド人の看護婦はニンニクを手に入れて、パンに擦って私に食べさせてくれました。これがなんともの凄くおいしいというか、食欲をそそったのです。この臭いが活気を呼び起こしてくれて、私はまた食べられるようになりました。これらはこの時期に経験したもので、この同志との結束、助け合いが救いとなりました。◣

「私は人生の中で多くの幸運、とてつもなく大きな幸運に恵まれたと思っています」とエスター・ベシャラーノは、自伝『メモリー*』の中で記述している。私たちとの会話でも、「幸運」という言葉が何度となく登場し、彼女が過ごしたアウシュヴィッツでの時期を語る時でさえも登場した。エスター・ベシャラーノは、希にみる才能をもっている。それは、彼女の人生での目も当てられないようなおぞましい出来事さえも、前向きに考えていける才能だ。いかなる状況でも諦めない不動の生命力と意志が、危険を何度冒しても、極めて困難な挑戦を受けて立つ能力がエスター・ベシャラーノに与えられていた。

◤当初、私は重労働を課せられました。一日中、石を引きずりながら運ぶ労働隊列に配属されてしまったんです。道の端から別の端へ石を運ぶのです。翌日は前日運んだ石を、今度はまた元の位置へ戻すんです。まったく意味のない仕事で、これはただ単に人を苦しめるためだけの作業でした。私はヘトヘトに弱って、この隊列でこのまま働かせられたら、悲惨な最後になることはわかっていました。そんな時、救いの手が差し伸べられてきました。ある日私が労働を終えバラックへ帰ってきた時、ひとりの女が立っていました。彼女は楽器が弾ける女性を捜しているということでした。女はゾフィア・チャイコフスカと言って、ポーランド人の囚人で音楽教師でした。そして、チャイコフスカは、親衛隊に女性オーケストラを編成するよう命じられていました。私は、ピアノが弾けたので応募しました。とはいうものの、収容所にはピアノなんてありませんでした。それで、チャイコフスカは、私にアコーディオンも弾けるか尋ねました。正直言って、アコーディオンは一度も手にしたことがなかったんですが、事態が事態でしたから、でまかせに弾けるって答えてしまいました。それで当時ドイツでとてもヒットした流行歌『Du hast Glück bei den Frau'n, Bel Ami ベラミ、お前は女にもてるから』を一度試しに弾いてみることになりました。この曲はもちろん知っていたので、アコーディオンをもってバラックへ引き込み練習しました。耳がよかったせいか、またピアノを弾けたこともあってか、右手は問題がありませんでした。問題はベースを担当する左手でした。正しいコードが見つかるまで、探しました。チャイコフスカは、私がアコーディオンを弾いたことがないことをおそらく気づいていたのに、採用してくれました。これは私にとって大きな幸運でした。何故なら、この時点でもう石を運ばなくて済んだからです。音楽が命を救ってくれたと言えます。それでも、オーケストラでの演奏は大変な心理的負担がありました。朝、労働隊が列をなして重労働をしに行進していく際、夕方彼らがくたくたに疲れた身体で帰ってくる際、私たちは門の前に立ってそれを見ていなければならなかったからです。それから、親衛隊が思いついたのは、新たに人々が運ばれてくる時、私たちに演奏させるということでした。アウシュヴィッツで、私は信じがたい最悪の経験をしました。運ばれてきた人々がガス室へ連れて行かれる最中、オーケストラは立って演奏し続けなければならなかったことです。◣

パウル・ツェランは、二〇世紀最高の詩集と見なされている彼の『死のフーガ Die Todesfuge 』(2)の中で、「お前たち、スコップを持て、深く地面に突き刺せ。他の者よ、お前たちは、踊りの伴奏をせよ」と書いている。この作品の中でツェランは、強制収容所における言語に絶する殺人と音楽の結びつきを描いたのだ。アウシュヴィッツの収容所指導部は、数十万人もの大量殺人を計画し実行していた間、一方では親衛隊員の気分も配慮し、文化的催し物やコンサートで機嫌をとっていた。そのための多数の男子オーケストラをすでに一九四一年からもっていた。女子収容所の衛兵にも音楽を楽しませるために、ポーランド人音楽教師ゾフィア・チャイコフスカが、一九四三年に拘留者の中から女性オーケストラを編成するよう命じられた。オーケストラの指揮は、作曲家グスタフ・マーラーの姪に当たるアルマ・ロゼが担当することになった。二人の任務は、周囲で虐待・殺害されている最中に、明るく陽気な曲を演奏することにあった。オーケストラ楽団員の状況は、野外で重労働を課せられている拘留者と比べると確かにましとはいえ、圧迫と心理的負担は夥《おびただ》しかった。楽団員の強制任務は、毎日10〜12時間リハーサルをし、毎朝拘留者が収容所から出て行く時と、夕方入ってくる時に、門の前で演奏することだった。そして親衛隊幹部が訪れたり、親衛隊員の個人的要望がある場合なども日夜を問わず、演奏しなければならなかった。女子収容所司令官フランツ・ヘスラーは、皆が認めるクラシック音楽愛好家として知られ、監督長マリア・マンドルの残虐行為を支持するのと同じように、オーケストラも援助していた。強制収容所医師ヨゼフ・メンゲレは、拘留者の生死の選別をし数百人をガス室へ送り込んだ後、フランツ・シューマンの『夢想』を率先して演奏させていた。時として、楽団員らは、新たに拘留者が運ばれて来ると演奏させられたり、拘留者が行くガス室までの道のりを伴奏させられたりすることもあった。

当時の女性オーケストラの記憶は、エスター・ベシャラーノを今日もなお苦しめている。あの時、彼女は抵抗できなかった。他の人にも警告することができなかったが、今日は違う。だから、彼女はユダヤの、反ファシストの抵抗の歌を歌っているのだ。今日、市民一人ひとりを勇気づけるために。そしてまた、当時不正に対して立ち上がった人々がいたことを思い起こさせるために。

◤アウシュヴィッツの女性オーケストラが演奏した音楽は、強制されたもので、私たちの意志に反したものでした。でも、音楽はその当時、抵抗を表す手段でもあったんです。ゲットーと強制収容所で多くの抵抗運動の歌が生まれました。そしてこれらの歌は人々を勇気づけたので、拘留者たちはこれを密《ひそ》かに歌いました。私は今でもこれらの歌を舞台で歌っています。これらの歌は抵抗運動があったことを証明している重要なものだからです。これについては、その後何も話されませんでした。そして、今日までほとんど知られていません。ユダヤ人は、反抗することなしに屠殺台へ連れて行かれたかのように思われているでしょ。でも全然違うんです！　ゲットーでも、強制収容所でも、抵抗はあったんです。アウシュヴィッツの地獄の中でさえも、人々は抵抗する勇気を見出していました。もちろん、これは死を意味していましたが。人々は立ち上がり、戦ったんです。そして死んでいきました。◣

ある日突然、強制収容所から出られることになるまでの六ヵ月間、エスター・ベシャラーノは、アウシュヴィッツの女性オーケストラで演奏させられていた。

◤私は、またもや大きな幸運に恵まれました。というのは、点呼の際にいわゆる混血児、アーリア民族を先祖にもつ女性を探していたからです。祖父はキリスト教徒だったので、私にとってはアウシュヴィッツから脱出するまたとないチャンスだったわけです。聞き伝えでは、選ばれると他の強制収容所へ運ばれるということでした。これは、ガス室から逃れられるということで、まさに光を見る思いでしたが、友だちをここに置き去りにして行くことは、居た堪れないことでした。友だちは、生き残れるチャンスなのだから、私に何が何でも申し出るよう言ってくれました。そして、私は申し出ることにしたんです。申し出たのはいいのですが、まず最初の壁は、医師メンゲレの診断でした。それは運送に耐えるだけの健康状態であるかどうかを診断するもので、幸いにも私は、この選別に合格しました。

その後、他の70人の女性と共に一九四三年一一月におぞましいラーフェンスブリュック女子強制収容所へ連れて行かれました。ラーフェンスブリュックでは、最初、重労働を課せられ、手押し車を押して石炭を積んだり、下ろしたりさせられました。それから、強制労働についてシーメンス社に応募することができると聞きつけました。それで、即座に私は申し出て、潜水艦のスイッチを製造しているホール4に回され、そこでウクライナ人の強制労働者と一緒に仕事をしました。彼女たちとは本当に意気投合して、私はロシアの歌やダンス、そしてロシア語を教えてもらいました。私たちがわざと間違えて組み立てたもんですから、数千もの欠陥スイッチが入った箱が戻されて来ました。それを思い出すと、今でも愉快になります。

第二次世界大戦中、ドイツ国内の産業製品の三分の一までは、一二〇〇万人の強制労働者によって達成された。彼らの労働力がなかったら、産業および農業製品は、維持されることがなかったと言える。軍需産業のリーダー的存在であったシーメンス財閥は、夥しい数の強制労働者を搾取しながら、その主導的役割を引き継いでいった。シーメンスは、一九四二年にラーフェンスブリュックの近郊に20の生産ホールを設置した軍需工場を建てた。ここで、エスター・ベシャラーノは、他の女子強制収容者と一年半の間、強制労働に課せられた。数えきれぬ強制労働者が完膚無きまでに搾取されたにもかかわらず、戦争はドイツにとって勝てる見込みはなくなっていた。一九四五年にラーフェンスブリュックの拘留者が解放されるのが、すぐ目前に差し迫っていた。

私は、また自由になれるって、いつも固く信じていました。そしていつの日か、そうなるだろうって。収容所で密かに噂が流れ、撤退でもさせられた時のことを考えて、私服を囚人服の下に着ていくようにとのことでした。どうしてかというと、ロシア軍がもうラーフェンスブリュックの門の前に立っていたからなんです。ロシア軍に発見されないように、親衛隊員は、歩行ができた者全員に強制収容所から出て行くよう言い渡しました。後に言われたように、私たちは「死の行進」をしたんです。何故かというと、それまで命を取り留めていた多数の人々が死んでいったからです。私たちは、メクレンブルクの森や村を行進して行きました。私と6人の女子拘留者が一列に並んで、左右に銃をもった親衛隊員に囲まれてです。倒れた者は、即座に射殺されました。こういう状態で、私たちは、何日も幾晩も行進して行きました。身体が硬く震えていましたが、何も食べ物はありませんでした。それに、どこへ連れて行かれるのかもわかりませんでした。「最後の最後に撃ち殺されることはないだろう」と切なる思いで祈っていました。幸いそこまでには至りませんでした。ある日、親衛隊員が話しているのが聞こえてきました。「これ以上、撃ってはならん」それで、戦争はもうじき終わるのだろうと思えました。そして、私たちは逃亡することにしたんです。暗闇の森を歩いている時にチャンスをつかみました。ひとり、そしてまたひとりと順々に気づかれないように、木の陰に隠れました。縦隊が続けて行進している間、私たち7人の娘は、別の方向へ行きました。

まもなくしてアメリカ兵と出会い、入れ墨の番号を見せました。兵士たちは、私たちを助けることができたので、それはそれはとても喜んでくれました。私たちを抱き締め愛撫し、キスまでしてくれたのでした。私たちと言えばその時はもう見るに堪えない格好で、痩せこけて汚らしかったにもかかわらずです。それからアメリカ兵は、私たちを戦車に乗せ、近くの町ルプシュへと向かいました。そこの宿屋で、私たちは初めて満腹になるまで食べさせてもらいました。アメリカ兵は、私たちが体験したことを聞きたがっていて、私は英語が話せたので、私たちがどこから来たのか話しました。アメリカ兵のひとりがどこから手に入れたのかわかりませんが、アコーディオンをもって来て、私にくれました。その時突然、通りからもの凄い騒音がしたんです。そして、外へ走って行きました。すると赤軍がやって来て叫んでいました。「戦争は終わった！　ヒトラーは死んだ！」と。私たちは皆、もう感情が抑えられなく有頂天になってしまいました。アメリカ兵とロシア兵は、互いに嬉しさのあまり抱き合っていました。私たち娘は、狂喜の真っ直中でした。それはまさに歓喜に満ちたものでした。それから、解放を祝いました。町の広場では兵士たちが大きなヒトラーの写真を立て、それを燃やしました。それを囲んで、今度は兵士と娘たちが踊りはじめ、私はそれに合わせてアコーディオンを弾いたのでした。◣

やっと自由になった！　彼女は、ようやく取り戻した自由をどうしたのだろうか。多くの不幸が身にふりかかった故郷には、もう二度と留まっていたくなかった。エスター・ベシャラーノは、パレスチナの地に新たな人生を築くために、一九四五年八月、他の生存者と共にドイツを後にした。約束の地での歓迎は、期待に反して温かいものではなかった。イギリス委任統治政府は、ヨーロッパからのユダヤ人移民を制限しようとしていた。そのため、到着した人々は抑留民収容所に収容された。しかもその抑留民収容所というのは、高い金網で囲まれ、それこそドイツの収容所から解放されて来た者にはトラウマを思い起こさせるものであったのだ。エスターは、姉のトスカとその夫がすでにパレスチナで暮らし身元保証人になることができたので、幸運に恵まれており、すぐに抑留民収容所から出ることができた。一晩中、彼女は姉に、アウシュヴィッツとラーフェンスブリュックで自分の身にふりかかったことを語った。それ以降エスターは、長年にわたり、夫や子どもたちにも自分の過去について話すことはなかったという。まだ傷は癒えていなかったのだ。それに、新しい国家建設という課題が目前にあり、建設当時はホロコーストでの体験を思い出さないように遠ざけて過去の事としようとしていた。したがって、生存者自身にもそうすることが適切だったようだ。エスターはこの時期、働きまくった。それはテルアビブでの声楽の勉強を財政的に支えるためだった。彼女は卒業後、反ファシズムの労働者合唱団で歌い、世界中を回っていた。この合唱団で、生涯の伴侶ニッシム・ベシャラーノと出会い、一九五〇年に二人は結婚している。それからまもなくして、エドナとヨーラムが生まれた。50年近くこの二人は共に暮らし、ニッシムはパーキンソン病の後遺症で一九九九年に亡くなっている。エスターは、重病の夫の世話を死ぬまで続けた。

「自分の人生で、広範囲に及ぶ決定を本当にたくさんしなければなりませんでした」とエスターは、インタビューの中で一度述べた。イスラエルへ移住してから20数年経って、人生を左右する深刻な決断の前に立っている自分を見つめていた。彼女がこの国の暑い気候に段々耐えられなくなってきたことと、シナイ戦争から戻って平和主義を確信していたニッシムが、どんなことがあってもこれ以上、中東戦争には参戦するつもりはなかったので、二人は重い気持ちでイスラエルから出て行く決心をした。長い間、ヨーロッパのどの国が相応しいか相談し合った。実際に熟慮、検討をして、適当な候補としてドイツが挙がってきた。それは、エスターはドイツ語が使えるし、ドイツ国籍ももっていたからだった。

しかし、実際に犯人の国へ戻るのは、ホロコースト生存者にとっては非常に思い切りのいることだった。警察官を見るたびにゲシュタポを思い起こさせ、役所関係、それにドイツの官僚主義にとても悩ませられたようだ。こんなことでエスターは、この国の人々を信頼できるようになるのだろうか？　かつて活動的だった国家社会主義者は、非ナチ化されたと見なされ、60年代には再び要職に就いた者もいた。当初エスターは、非ユダヤ人の隣近所との交際をすべて避けていた。

勤勉な労働と弁償金のおかげで、ベシャラーノ家は財政的に堅固な地位を築いていった。一九六九年には、エスター

夫ニッシムと二人の子どもエドナとヨーラム、1953年イスラエルにて

エスター、1946年パレスチナにて

は、小さなブティックを開き、ここへ来る多くの若者と話す機会をもち、まったく新しいドイツの世代を知るようになった。大学紛争の時代でもあり、戦中派の子どもたちは、圧政的、権威主義的両親に対して立ち上がっていた。ある日、エスターは、ブティックからＮＰＤ（ドイツ国家民主党、一九六四年旧西ドイツで結成された右翼政党　Nationaldemokratische Partei Deutschlands）の看板が通りの向こう側に建てられている光景を目にした。スタンドは警察によって反対デモの人々から守られていた。エスターは通りへ走って行き、反対デモの行列に加わった。この瞬間こそ、彼女が今日まで維持している反極右主義の政治的活動の起源だったわけだ。

◤私は生き残れたんだから、また生きはじめなきゃ。そして、あんなことは二度と起こしちゃならないってことも言い伝えなきゃ。私たち皆、生きていたいでしょ！　そして皆、平和に暮らしたいでしょ！　もう戦争はまっぴらなんです。戦争とは常に人間の撲滅を意味します。そんなこと私たちは望んではいない。人生を楽しみたい。だから、私は活動をしているんです。この点ははっきりしています。アウシュヴィッツであのような体験をした後、絵はもう描けない、詩はもう書けない、音楽も作れないという人々がいるんですけど、これはまったく逆だと思います！　私たちは当時起こったことを表現する必要があります。私の場合は、自分の音楽を通してやっているんですが。

私の職業は歌手です。イスラエルの大学で声楽を勉強しました。本来はソプラノで、もちろん、今は声がついていきませんが、それでも少しは何とか歌えます。寛容と国際間・民族間の風通しを良くするために、私は舞台に上がっています。だって、音楽を通して人と触れ合えるんですから。

「マイクロフォーン・マフィア」のラップ歌手数人と、このメッセージをもって若者と接しています。私たちは、すでに数百回ものコンサートをし、回数は増える傾向にあります。私がここで素晴らしいと思うのは、舞台で三世代が一緒になるのはもちろんのこと、そればかりではなく、三つの宗教が一緒になることなんです。ユダヤ教徒であり、キリスト教徒であり、イスラーム教徒である私たちが、舞台に上がることです。そして、本当に楽しく付き合っていることです。こういう経験を通して、この国の排外思想に対して、明確な表現を打ち出せればよいと思います。現在、イスラーム教徒は私たちの社会で異端児扱いされています。おそらくいつの時代でも、罪を着せる悪者が必要なんでしょうね。醜いことです！ 舞台で私たちがはっきり伝えたいことは、どんな文化、どんな宗教に属していようと、人間は皆、平和に助け合って暮らしていけるんだということです。◢

音楽で、エスター・ベシャラーノは若者の心を捉えている。数年来、彼女は「マイクロフォーン・マフィア」のラップ歌手数人と、ドイツ全国を回っている。『Per la Vita - Für das Leben 命のために』は、ヒップ・ホップ・バンドと共演した最初のCDだ。ここには今日の若者を捉えようと、ユダヤの抵抗とファシズムに対する抵抗の歌が選ばれている。打ち砕くことのできない生命力を告げる歌、抵抗と一人ひとりの勇気を呼び起こす歌なのだ。

◤今日の私のメッセージは、勢力をつけだしているネオナチズムに対して、諦めず戦い続けていかなければならないということに尽きると思います。だからこそ、私は学校まで行って、生徒たちに

マイクロフォーン・マフィアのステージ。左からヨーラム・ベシャラーノ、
ロッシ・ペニーノ、クトゥル・ユルトセヴェンとエスター・ベシャラーノ

当時起こったことや私自身が体験したことを語っているんです。当時もやはり、小さなナチのグループがきっかけになって始まりました。経済が悪化して、失業者が増えていくと、決まってネオナチ思想の温床になってしまいます。この種のネオナチ系の政党や団体が、この地ドイツにあること自体、それを許していること自体が、私には理解できません。こんなものはすべて禁止すべきなんです。政府がしてくれればいいのですが、そんなことはしていませんよね。だから、これに抵抗して活動する以外に、私の中には選択肢がないというわけです。私たち一人ひとりが、できる範囲で少しでもナチへの反対運動をしていかなければいけないと思います。その意味で、私も一九八六年に友人らと共にドイツ・アウシュヴィッツ委員会を作りました。

私は今日までここの会長を務めておりま

す。この委員会は、当時を経験し、生き残った人々によって設立されました。この委員会は、私たちと一緒に働こうとする若い人々のためにも扉が開かれています。これは本当に大切なことなんです。だって、私たちの世代はもう多くは残っていませんし、そうこうしているうちに、生存者だってほとんどいなくなってしまいました。そして、私たちがいなくなった後は、どうなるんでしょうね？

私の希望は、平和と国際理解のために運動している若い人々です。ですから、私たちがいなくなった後も、彼らが私たちの仕事を継いでくれる、そして私たちの歴史を忘れず語り続けていってくれるだろうと期待できるので、安心しています。ホロコーストの犯罪者らは、どんな者とも比較の対象にはなり得ません。今日でも、酷い不正行為も戦争も、また集団殺害も見られますが、当時行われたような工場規模で一民族を大量殺害する行為は、歴史上類がありませんでした。そして、このようなことは二度と再び起こしてはならないのです。私たちアウシュヴィッツ委員会は、以上のことを支持しております。元々、私は楽天家ですが、この楽観主義が的外れではないことを願っています。

神の存在は、アウシュヴィッツ以後、私には信じられなくなりました。しかし、人間は信じています。人間が身に付けているもの、働きかけているものを信じています。

2012年7月 ハンブルクにて

ノーと言え！
——コンスタンティン・ヴェッカーと共に舞台で

特別イベントが、二〇一二年夏にエスター・ベシャラーノのホームタウンで行われることが発表された。シンガー・ソングライターのコンスタンティン・ヴェッカーが、ハンブルクの森の舞台で行われる野外コンサートに、エスターを特別ゲストとして招いた。政治的活動に積極的な音楽家コンスタンティン・ヴェッカーの名は、極右主義者たちとの闘争で殺された友人を追想した『ヴィリー』というバラードを70年代に歌って以来、知られるようになった。多くの曲の中で、コンスタンティン・ヴェッカーは、今日もなお、反極右主義者として登場している。政治活動を共にすることによって、彼はエスターと長年、交友関係を保っている。著書『反骨精神の友人たち*』の中で、彼女について次のように述べている。「エスター・ベシャラーノとは、二回舞台で共演し、レジスタンス歌《ソング》を一緒に歌いました。エスターと触れ合えたことは、真の喜びです。彼女は信じられないくらい逞しい女性で、溢れんばかりのエネルギーを感じさせます。エスターの年が87歳だということをすぐに忘れてしまうんですが、彼女は自分の音楽性と人格で若い人を捉えています。そして、わずかな人間しか持ち合わせていない、時代を超えた格好よさをもっているので、若者は彼女のことを敬愛しています」（3

喜びに満ちた温かい再会だった。最近身近に起こったことをお互いに話し合ったり、共通の思い出を懐かしがったりしている。バンドのミュージシャンらと、エスターは出演の流れを確認している。この晩、一緒に大観衆の前で歌う二曲は、今までコンスタンティン・ヴェッカーもエスター・ベシャラーノも一度も一緒に歌ったことのない曲だ。エスターは、この晩のためにユダヤ・レジスタンス歌《ソング》から自分が一番好きな曲を選んで、これをソロで歌いたいと望んでいた。それから、コンスタンティン・ヴェッカーと彼の十八番「ノーと言え！」を、反ネオ・ナチズムを掲げロック調で勇壮果敢な演出で一緒に歌おうという手順だ。「私がついて行けるように、テンポをあまり速くしないでちょうだいね！」と笑いながらエスターは、若いミュージシャンたちを戒めている。

驚くほど速く心地よいアコード、音調《トーン》、そしてパッセージが寄せ集められていく。ここにいるのは、生粋のミュージシャンばかりで、あっという間に互いに楽器の調子を合わせてゆく。気の張らない、それでいて刺激のある雰囲気が漂っている。エスターは、明らかに彼女の魅力に惹かれている若いミュージシャンとの共演を楽しんでいる様子だ。

舞台でのサウンドチェックとゲネプロが終わった後で、コンサートを前にして、エスター・ベシャラーノとコンスタンティン・ヴェッカーの間で、勇気と抵抗の意義についての話し合いが自然と生じる。

コンスタンティン・ヴェッカー：エスター、今日は来てくれてありがとう。一緒に舞台へ上がるのは、今日で三回目になるわけだけど、本当に素晴らしいことだと思っています。僕の本『反骨精神の友人たち*』には、僕が疲れてもう止めたいと思った時に勇気をもらい、長年付き添ってくれた人々について書いてあるんですが、この中にはもちろんエスターも含まれています。あんな体験をしたにもかかわらず、エスターは人を魅惑する雰囲気をもっているから、88歳でも未だに音楽活動をして若い人々と舞台に立っているし、音楽と抵抗活動が結束していることを示しているんだから。

エスター・ベシャラーノ：コンスタンティンも知っていると思うけど、私はしばらくラップ歌手の中へ入っていったの。これには特別な理由もあったわ。「マイクロフォーン・マフィア」のラップ歌手たちが、当時の反ファシズムの歌をCDにしようと思って、それで彼らは私に連絡をつけてきたってわけ。彼らが知りたがっていたのは、私が共に歌って共演することが可能かということだったの。彼らにしてみれば、当然断られるだろうと思っていたみたいね。でも、このCDを学校へもって行って、おぞましいネオナチのCDに抵抗しようとしているのを聞いた時、私は即座に承諾したの。

コンスタンティン・ヴェッカー：それは本当に大切なことだね。だってナチの連中は、自分たちのCDで大きな成功を収めてしまっているんだから。これは私たちにとっては不幸なことなんです。エスターの話で感動させられるのは、一九四五年までの時期だけではなく、それ以降も常に反骨精神をいきいきと持ち続けているということ。この精神こそが私たちが必要としているものなんです。国民が、本来十分に民主主義を守っているか、あるいは民主主義なんてものは、もう銀行か投機家に売り飛ばされてしまったのか否か、という疑問符を投げかけなければならない瞬間が今日でも何度もありますよね。そうやってもみ消されてネオナチに売り飛ばされてしまったケースもあるんでしょうね。

エスター・ベシャラーノ：酷いことですね！　私、思うんだけど、ここドイツだからこそ、ナチスは存在してはならないんです。政府はこれに対してもっともっと断固とした態度をとらなくっちゃいけない。でも何もしてないでしょ。だから私たちがしてるんですよ。私は学校へ赴いて講演をしたり、舞台に立ってレジスタンス歌《ソング》を歌ったりしているわけです。私は、学校で過去のことに関心を示さない若者と出会ったりすると、彼らにこう言うんです。「過去に起こったことは君たちに責任はない。でもね、自分たちの歴史を何も知ろうとしたくないというなら、それは罪だよ」って。何故かというと、彼らが当時起こったことを知るのは、非常に重要なことだからですよ。私は、講演の時にいつもドイツの中でもレジスタンスがあったんだということを若者に言っています。そういうことを知らない人もいるので。「みんな一緒にやったんでしょ」って、彼らは私に言うんです。その際に多くの人間が殺されました。共産主義者、社会民主主義者、その他多くの人々が、ナチスに反対し戦って死んでいきました。このことについて多くを学ばなければなりません。

コンスタンティン・ヴェッカー：特徴的なこととしては、ファラダの小説『ベルリンに一人死す』がやっと数年前に大きく取り上げられたことですね。考えていたよりも多くの抵抗があったようで、これを認めるのがドイツでも今やっと許されるようになったみたいです。これは、長い間、誰も知るべきでもなく、また知りたいとも思ってなかったんです。

一緒になってやった者は、みんながそうせざるを得なかったんだ、と私たちに対して主張してい

コンスタンティン・ヴェッカーは、エスター・ベシャラーノとの談話の中で、「エスターと同様に僕も、アウシュヴィッツの後、歌を歌うことや詩を書くとは、今まで以上に大切なことだと確信しているんです。人の命がいかに大切なものか、いかに唯一無二のものかを表現する義務が芸術家にはあると思う」と述べている

るけど、そんなことはない。みんながみんな一緒になってやっていたわけじゃない！

エスター・ベシャラーノ：大勢の人が一緒にやったことは、みんな知ってるわよ。でもね、私たちを助けてくれた人々だっていたんですよ。親衛隊の中でさえも、そういった人々は、男にも女にも数は少ないにしろいたことはいたんです。このことは言っておく必要があるし、敬意を払わなくてはいけないと思うんです。正直言って、かつてナチ政権に迫害された人々がいなかったら、私はここドイツでは生きていけないでしょうね。この中にはドイツ人のパルチザンも入っていて、これらの人々は信頼できる

エスターとコンスタンティン、ハンブルクの森の舞台にて――「今、再びあからさまにナチの歌を放歌高吟し、ユダヤ人のジョークを言ったり、人権を笑い飛ばしたりするなら、…ノーと言え！」

んです。

コンスタンティン・ヴェッカー：白バラ抵抗運動について深く考えていた時、「行動することであって、勝利ではない」という行で終わる歌を書きました。この抵抗運動が何の影響もなかったとは信じちゃいけないから。これによって、政権を負かすことはできなかったけど、ゾフィー・ショル、ハンス・ショル、それに他の人々がいなかったら、私たちの歴史は耐えられないものになっていたに違いないと思うんですよ。彼らの抵抗は、遠くへ伸びる画像のようなものです。個々人の抵抗は、世の中を変えることはできないかも知れないけど、その存在自体が大切で、歴然とした印を人間の歴史の中に打ち出すことになるから、重要だと思うんです。

そして、親愛なるエスター、エスターがいてくれること、また今日まで活動してくれることは、本当に素晴らしいことだと思います。エスターは、僕にとっても他の多くの人々にとっても、偉大な模範なんですよ。

エスター・ベシャラーノ：あなただって同じよ。そして、何か働きかけている人はすべてそうでしょ！

コンサートが始まった。コンスタンティン・ヴェッカーとバンドが舞台に上がっている。私たちは、エスターと共に舞台裏で彼女の出番を待っていた。これは、休憩前のクライマックスになる。彼女は、魅了されつつ聴きながら、それに合わせて身体を左右に揺さぶっていた。緊張しているようには全然見えなかった。コンスタンティン・ヴェッカーがエスターの登場をアナウンスすると、小柄な彼女は悠々と舞台へ出てきた。エスターは、大観衆で埋まる大きな舞台を即座に自分のものにした。「私たちはそれでも生きる。私たちはここにいる！」と、彼女は興奮している観衆の前で歌った。それから、コンスタンティン・ヴェッカーと共に「暴れ回れ、怒れ、干渉せよ　ノーと言え！」と歌い、ハンブルクの森の舞台へこの晩集まった観衆にとって、忘れることのできないものとなった。

2013年1月30日
ベルリンにて

思い出故に

ベルリンの上空に漂う雲は、恐ろしいほどに小さくなってきた。どんよりとした居心地の悪い日になりそうだ。濡れた寒さでかじかんで、骨までしみ込んでくる一月のある日。よりによってこんな日が撮影日とは、ましてや88歳の人間にはなおさらのことだ。私は、エスター・ベシャラーノを駅まで迎えに行った。彼女は、旧友で俳優のロルフ・ベッカーと一緒にハンブルクからやって来た。独特の面持ちのロルフ・ベッカーは、多くのテレビ映画で視聴者には顔見知りだ。あまり知られていないのは、彼が右翼反対運動をしていることだろう。この活動を通し、彼はエスターと長年交友を結んでいる。笑いながら手を振り、二人は車両から降りてきた。「この日のために自分で編んだのよ、この帽子、どう?」と、艶然と微笑みながら彼女は問いかけてきた。真っ赤な帽子で頭を飾っていた。これがまた彼女には見事なまでに似合っていた。彼女の生命力を示すシンボルとしては半端じゃない、これ以上のものはいかなる映画制作者といえども思いつかないだろう。私たちは、共にベルリンのヴァイセンゼー(湖)へ向かった。ここには、トーマスとカメラマンチームがすでに待ち受けていた。この地には、ヨーロッパで最大のユダヤ人墓地があり、同時に感銘的な文化史の記念碑でもある。特筆すべきは、古い木々や木蔦《きづた》が一面に覆い茂っていることだ。したがって、ここは、身を隠していたユダヤ人にとっても絶好の隠れ家となっていた。また、多くの伝説と神話が、ナチ時代でさえも破壊されも汚されもしなかったこの墓地に潜んでいる。錬鉄の表玄関に当たる入口の所には、ホロコースト犠牲者のために記念館が建てられてあり、墓がなく遺骨が四方八方に散らばった無数の殺害された人々を思い起こすものだ。エスターとロルフは、慰霊記念碑に死者の思い出として石をひとつのせた。それから、二人は、強制収容所の記念銘板が置いてある円形の散歩道を通って行った。エスターは、アウシュヴィッツを思い出し、記念銘板の前で立ち止まった。そして、心をかき乱しながら語りはじめたのだ。

「アウシュヴィッツ・ビルケナウ。ここで、私もオーケストラで演奏しました。新たに運搬貨車が到着すると、演奏しなければなりませんでした。私たちの知っている車両とは、人々をガス室に運んでいく貨車のことです。この汽車で運ばれて来た人々は、どこへ連れて行かれるのか知らなかったんです。でも、私たちは知っていて、涙をためてただ立ちつくしていました。私たちは演奏をして、連れて来られた人々は、私たちに手を振っていました。おそらく彼らは、音楽が演奏される所ではそんなに酷いことは起こるはずがないだろうと思っていたのでしょう。これはナチの戦略だったのです。ナチは、この運搬全体が反乱が起きることなく、無事にガス室へ運んで行くことを望んでいました。この光景は、私の人生の中で決して忘れることができないものです。このような体験をしたことは、私にとって最悪な過去です。助けてあげることができなかったのですから。それに、背後には親衛隊が銃を手にしていたので、演奏を止めるわけにはいきませんし、そんな可能性はありませんでした。

墓地にはエスターの祖父母が埋葬されている。私たちは、カメラを携えて彼女とロルフに墓まで同伴した。こぬか雨が降りはじめた。ロルフはるり色の雨傘をひろげた。この傘は、赤い帽子をかぶっているエスターと一緒に、灰色の雲にカラフルなコントラストを際立たせている。慎重にしかも注意深く、ロルフは、エスターに一日中随行し、カメラがうまくエスターをとらえ、邪魔にならぬよう自分はそっと後ろに回ったりして、常に注意を払っていた。ロルフがエスターの話を情け深く聞いてあげたことで、辛い追想を述べ私たちとわかち合うことで、彼女はいくらか楽になっていったようだ。二人はそろって静かな墓地を通って、古い木蔦がいっぱいに覆い茂る墓石を通り過ぎて行った。そして、エスターの祖父母の墓へ辿り着いた。祖父マックス・ロェーヴィは、すでに一九三六年に亡くなっており、祖母のイーダは続いて数年後に死去している。二人は自然死したことにより、後に起こる恐ろしい運命から免れた。

◤祖父マックス・ロェーヴィのことは、よく覚えています。まったく軽薄な人でした！　生きている間、全然働く必要はなかったようで、どうやってやりくりしていたのか私にはわかりません。おそらく祖母を働かせていたのだと思います。祖父は、仲間内では話し上手で知られていました。飲み屋でおもしろい話をするもんですから、お招きがあったようです。よくベロンベロンに酔って、夜中に警官に家まで送られて来ました。

祖母は一九四二年に亡くなりました。当時、私は17歳で、ノイエンドルフにある強制労働収容所にいました。特別許可書をもらって、汽車でベルリンへ向かいました。外へ出ることは、当時はとっくにユダヤ人に禁止されていました。とはいえ埋葬には出席できました。家族の大部分は、ベルリンに住んでいましたが、私と叔父のアルフレッド以外は誰も出席できませんでした。私どもの親戚は皆、すでにテレージエンシュタットにいました。叔父も葬式がすんだ後すぐにテレージエンシュタットへ連れて行かれ、そこから全員アウシュヴィッツへ運ばれて行かれ、皆そこで殺害されたというわけです。私は、後に皆の名前をアウシュヴィッツの公文書で見つけ出しました。◢

木蔦が一面に覆い茂る墓石の上には記念銘板が置いてあり、そこに刻み込まれた文字をエスターは声を出して読んでいる。

◤〝世界はそれを見ていた。しかし、天と地は黙っていた。ナチ独裁時代に殺害された両親と姉妹を追想して〟　私は、殺された両親のルードルフ・ロェーヴィとマーガレーテ・ロェーヴィ、そして姉ルートを追想し、この銘板を作らせました。戦後、私がもうパレスチナにいた時、やっと両親と姉に何が起こったのか知らされました。両親が拉致されて東へ連れて行かれたのは知っていました。というのは、ノイエンドルフの強制労働収容所にいた時、両親の最後の住居があったブレスラウまで来て、アパートを解体するように要求されたからです。特別許可書をもって、彼の地へ向かったところ、駅でゲシュタポに迎えられ、それから、私は封鎖されていたアパートへ連れて行かれました。私に許されたのは、ほんのわずかな下着類と服をもって行くだけだったのです。他の物はすべてそこに置いておかなくてはなりませんでした。両親が何も持参できなかったのは明らかです。両親は一体どこなのかと、ゲシュタポの男たちに聞くと、東の強制労働収容所へ行ったのだとつっけんどんに返事されました。母は、当時からすでに病気でとても弱っていたので、生き延びられるかどうか、心配でたまりませんでした。

実際何があったのか知ったのは、戦後になってからです。私は、救済されてすぐにベルゲン・ベルゼンへ行きました。そこには、パレスチナへ移住しようと考える人々のために集合場所が設けられていたからです。そこの巨大な壁には、生き残った人々が自分で書いた氏名が貼ってありました。身元がわからなくなった人間を探し出すためです。私は長い間探したにもかかわらず、この壁に両親と姉の名を見つけ出すことができませんでした。ずっとあとになってやっと、イスラエルでブレスラウから来た数人のユダヤ人に両親について教えてもらいました。彼ら曰く、親衛隊員は、父が母と離婚するなら、ブレスラウに残ってもいいと父に言ったそうです。父は半ユダヤ人だったので。父はその時、彼らに「妻とは多年にわたり楽しい時期を共に過ごしたのだから、妻をひとりで死なすわけにはいかない」と言ったそうです。そして、父は母と一緒に一九四一年一一月二五日にコヴノへ連れて行かれ、そこで二人は死にました。両親は、数千人以上もの人々と共に森で射殺され、地面が掘ってある共同墓穴の中へ放り込まれました。

姉のルートは一九四二年に殺害されました。彼女の夫とスイス国境を渡り逃げようとした際、スイスの国境守備兵に突き返されドイツ兵に射殺されました。当時、二人はちょうど21歳でした。◣

墓地での撮影は、この寒さの中では厳しいものだったが、驚くことに88歳の婦人には苦難の様子がほとんど見受けられなかった。そうこうする間に、昼をとっくに過ぎていた。休憩をとらなくてはいけなかった。私たちはかつての粗末な建物が並ぶエリアへ向かった。今日では小さなカフェやレストランが軒を連ねるベルリンの人気街のひとつだ。一時、ここはベルリン在住のユダヤ人の中心地だった。一九世紀の終わり、迫害される前にロシアとポーランドから逃亡して来た無数の東ヨーロッパ・ユダヤ人が、新シナゴーグのすぐ近くに住んでいたが、そこにはすでに多くのユダヤ人が在住していた。今日、遠方からはっきり見えるシナゴーグの金色のドームを囲んで、ユダヤ人の食習慣にかなった食品、文化施設、祈禱堂、そしてレストランなどユダヤ人生活の中心地が徐々に発展してきた。

私たちは、温かいスープとコーヒー、ケーキを食べてから、隣接したハンブルク大通りへ向かった。この通りには、数百年の間ずっとユダヤ、カソリック、それにプロテスタントの施設が睦まじく並んでいて、複数の宗教が平和に共存するシンボルの通りとして長い間知られていた。しかし、一九四二年には「寛大なる通り」が「死の通り」になってしまった。これは大勢の人々にとって、とりわけホロコーストの生存者にとっては、死への搬出と同義語である。ここにゲシュタポは、すでに閉鎖されているユダヤ人男子小学校と隣のユダヤ人老人ホームの中にベルリン中継収容所を設け、ここから五万五千人のユダヤ市民を東の絶滅収容所へと送って行ったからだ。記念銘板と彫刻家ヴィル・ランマートによる数人のグループの人間を形取った印象的な銅像は、今日、追放された人々の運命を思い出させる。

この銅像群は空き地の前に立っている。ここにはかつてユダヤ人老人ホームがあったが、戦争の最後の数日間で完膚無きまでに破壊された。老人ホームの後ろには、すでに一九世紀初めに閉鎖された当時最古のユ

祖父母の墓にて。「そこになんて書いてあるの？」とロルフ・ベッカーが尋ねる。
「世界はそれを見ていた。しかし、天と地は黙っていた。
ナチ独裁時代に殺害された両親と姉妹を追想して」

ダヤ人墓地があり、この都市の多くの偉大な人物がここに埋葬されていた。

一九四三年にこの墓地は親衛隊員によって荒らされ、死骨は汚された。入口の領域のいくつか被害を免れた墓石と記念銘板は、今日、一九七〇年代に東ベルリン市当局によって土地を平にされ緑地帯にされた後、二〇〇八年に礼典を行い再開した墓地を想い起こさせる。二〇一三年、あるニュースが世の中を震撼させた。ヨーロッパ・ユダヤ人数百万人の殺害に決定的な責任をもっていて、自らは手を汚さない黒幕犯人であったゲシュタポ長官、最高権力者であったハインリッヒ・ミュラーが、よりによってユダヤ人墓地に一九四五年以来埋められているということが公になった。ミュラーは、ベルリンをかけた最後の戦いで死んでいき、そのどさくさの最中に、他の多くの死者と一緒に共同墓穴へ埋められた。

エスターとロルフは、この宿命をはらんだ過去の地に立って周囲を見ていた。数千人にとって、この地は死への入口を意味していた。そしてこの地は、彼らの人生において最も悲惨な時代が始まった出発点でもある。

◤当時ここがどういう状態だったのか、今日そう簡単に想像できるものではないと思います。また、この土地は私にとってとても大切な所です。ここから私たちを連れ出して殺害しようとしていました。ナチは「ここにいる人間はどっちみちアウシュヴィッツへ行って殺される」ということをすでに知っていたし、私たちもそのように感じていました。まったくおぞましいことでした。当時ここにはとても大きな建物が建っていて、この中に私どもは押し込まれました。窮屈な狭い部屋に大勢

「この銅像は、私にとって目頭が熱くなるほど感動的なの！
彼らの表情をちょっと見て！
これは、当時私たちが感じたそのものを表しているわ」

の人々が入れられました。私たちをどうするつもりなのか、全然想像することができず、「どこへ連れて行かれるのか」絶えず問い続けました。私たちは若くて、たくさんの疑問をもっていました。私は強制収容所の友だちと一緒でした。家族がいなかったので、このことは本当に支えとなりました。それから突如、トランクを詰め出発するように言われ、親衛隊に左右をガードされ駅へ早足で行きました。するとそこに用意されていた家畜運搬貨車へ乗り、アウシュヴィッツへ運ばれて行ったというわけです。◣

一九三三年以来、ユダヤ人地区でかつて隣接していた男子小学校が、すべての宗派に対して開かれているギムナジウム

（ドイツでは、普通10歳で将来大学へ進学するか否かの大凡の進路を決定しなければならない。ギムナジウムは、将来大学へ進学する者を対象にした高等教育機関で、昔は9年間、現在は8年間となっている。ただし再び9年間に戻そうとする傾向もある）として再び使用されている。エスター曰く、彼女の叔父アルフレッド・ロェーヴィは、この学校で音楽の教師だったそうだ。演奏会場には、ホロコーストで生き残れなかった叔父を追想して彼の名がつけられた。学校には、すぐ横の墓地に眠っている啓蒙思想家のモーゼス・メンデルスゾーンの名に因んで彼の名がつけられている。メンデルスゾーンと共に出発点と中心がベルリンであったドイツ系ユダヤ人の解放が、一八世紀に始まった。記念銘板は、この地であの出来事が起こった後、かつてないほど重要になってきたモーゼス・メンデルスゾーンの「真理を追究し、美を愛し、善を好み、最善を尽くす」という名句を想い起こさせる。

2013年1月31日

若者たちとの対話

翌朝、ベルリンのプロテスタント系総合学校（各種の進学コースを同一キャンパスに集めた学校）の女子生徒たちが、ホテルにエスターを迎えに来た。校長のマーグレット・ラースフェルトは、生き証人との対話に彼女を招待した。この学校が目標として掲げていることは、自己責任をもち、外に対して心を開いた一人前の市民に若者を育て上げることであり、哲学者エルンスト・ブロッホが言う「真っ直ぐな生き方の訓練」つまり、自己の価値と他人の権利を守ることを彼らに仲介すること、そしてこれが危機にさらされている所ではどこでも、立ち上がり抵抗することだ。

生徒準備委員会は、先だってこの催し物の準備を行っていた。朝の訪問に来ていた生徒たちは、この準備委員会の一部だった。最初、生徒たちはエスターの果敢な様子に萎縮して、とても気を配り丁重に学校へ同行した。校舎は同じ通りにあり、声の入り乱れた騒がしさと活気に満ちた大講堂には、全学年の生徒と校長および教師らが集まっていた。興味津々な視線がエスター・ベシャラーノに向けられた。カメラが当てられ、エスターは大講堂へ入って来た。7年生のスヴァーナがマイクへ近づき、生徒たちにエスターを落ち着いて堂々と紹介した。「見事だったわよ」と認めるようにエスターは、スヴァーナに囁いた。それから、二人は12歳のニーナと一緒に舞台へ上がった。二人の生徒は、学校の教材用に草案されたエスターの書いた薄い本『私はチビと呼ばれていた：迫害を受けたあるユダヤ人の青春*』を交替に朗読した。生徒たちは、エスターの幸福な幼年期を知り、国家社会主義の初期、子どもの時に経験させられた仲間はずれがこの時始まったことや、その時どんな気持ちで学校を去っていかなければならなかったか、また、遊び友だちなどから無視されていったことなどを知ったのである。若い人が、肌の色、出身、あるいは宗教などが違うということで、今日でも仲間はずれや差別にさらされている経験だ。エスターが話している間、会場は静まりかえっていた。

彼女にとって、若者と意見を交換し合うことは非常に大切なことだ。何故なら若者に期待をしているからだ。だからこそ、エスターは生き証人として学校へ招かれると、喜んでそれに応じるのだ。彼女は若者と息が合うし、また彼らにとっても、彼女の存在は説得力のある模範でもあるのだ。自分の辿ってきた体験で、エスターは若者たちに、抵抗する力と一人ひとりの勇気がいかに大切なものかを明確に突きつけている。とりわけ、人間の尊厳が危機にさらされている所ではだ。朗読の後、生徒たちはエスターに質問する機会が許されていた。

生徒：ベシャラーノさんが体験されたことに敬意を表します。このことから人間は何かを得られたと思いますか。ベシャラーノさんが体験させられたことは、未来にとって良い影響を及ぼすことができると思いますか？

エスター・ベシャラーノ：もちろん、そこから何かを学び取った人間はいますよ。私同様にあのような恐ろしい出来事が二度と繰り返さないように努力している人間を数多く知っています。またその反対に歴史から何も学ばなかった人々も呆れるほどたくさんいますが。今、またこんなに多くのナチが存在していることを見てもわかると思うんです。私たちは一致団結して、彼らのイデオロギーの前に立ちはだからなければいけないんです。これは私たちにかかっています！　私は、自分の仕事を通して、人間は皆お互いに平和に暮らしていけることを見てもらいたいと思っています。４年前から、ラップ歌手たちと舞台へ上がっています。私たちのバンド・メンバーは、トルコ人ひとり、イタリア人ひとり、それに息子と私で、三世代が一緒に舞台へ上がります。そして、三つの宗教が舞台へ上がっているわけです――イスラーム教徒ひとり、キリスト教徒ひとり、それにユダヤ教徒二人です。私たちは本当に意気投合しています。そして、人間は皆互いに平和にやっていけるんだということを見てもらうために、一緒になって音楽活動をしています。

生徒：ベシャラーノさんがすべて体験なさったことを基にして考えると、人間は元来、善悪どちらなのだと思いますか？

エスター・ベシャラーノ：他人に良くしてあげようと思っている人は良い人間です。人間の中に悪が存在しているとは思えません。人は、悪事をするよう鼓舞されたり、悪い仲間と一緒にいたり、人間を侮蔑するようなイデオロギーを受け入れたりした場合は悪い人間にもなり得るでしょうね。でも、一般的には人間の中に悪が存在しているとは信じていません。

生徒：ベシャラーノさんは、この地であのような体験をされた後もまたドイツへ来られたのはどうしてですか？

エスター・ベシャラーノ：戦後すぐにパレスチナへ移住し、そこで15年間暮らしました。パレスチナの生活はとても気に入っていましたが、イスラエルの政治には同意できませんでした。パレスチナ人の扱われ方が私にはいつも不愉快でした。またそれ以外にも休みなく戦争があったこともです。防

「若い人々には私は大きな期待を抱いています。だから、学校へ赴いて行くんです。
だから、自分が体験したことを語るんです。それによって、
当時私たちに起こったことがもう二度と起こらないようにするために」

衛の戦争だけではなく、一部では攻撃の戦争もありました。夫は平和主義を確信しており、これ以上戦場へ行くつもりはありませんでした。イスラエルには軍役を免れる可能性がなかったので、夫は刑務所へ入れられていたでしょう。そんなことはもちろん私たちは望んでいなかったので、逃げ道を探していました。当時のドイツ政府は、ユダヤ人を再び国内へ連れ戻すために、いろいろと考慮してくれました。財政的に援助もしてもらい、生計を立てることができました。それに、自分のできる言葉が話されている国へ行くのは有利なことでもありました。でも、正直に言うと、犯人の国へ帰るのは私にとって容易なことではありませんで

した。昔住んでいた町へ戻るのは避けました。ザールブリュッケンへもウルムへも戻りたくなかったんです。そんなことをしたら、殺害された家族や友だちのことを思い出さずにはいられなくなり、とても克服できなかったでしょう。それで結局、ハンブルクにしました。そうこうしているうちに、もう52年もハンブルクに住んでいて、多くのよき友を得ました。私は、ドイツに対して多少文句の付け所はあるものの、この地で幸せに暮らしていると言えます。

生徒：私たち生徒は、極右主義に対して何ができるんでしょうか？

エスター・ベシャラーノ：一人ひとりが勇気をふるうことです。互いに助け合うこと。不正が行われていたら、目をそらさないこと。真っ直ぐ前を見てください。外国人の生徒に対して心を開けて。異なった文化をもつ人間から私たちは多くのことを学びとることができるんだということに気がついて。仲間はずれや偏狭さ、これらのいかなる些細なものに対しても積極的に立ち上がってください。

すべきことはまだ山ほどある

私たちは数年間を通し、多くの対話を重ねてきた。最初は撮影しながら、そして撮影の後に。撮影が全部終了してからは、電話で話したり、ベルリンやハンブルクを互いに訪問し合ったりした。エスター

「生きる勇気」のテレビ初日を迎えたエスター・ベシャラーノと
クリスタ・シュパンバウアー。2013年6月ベルリンにて

が二〇一二年にクララ・ツェットキン賞を、それから一年後にブルー・プラネット賞を受賞した時、私はその場に居合わせた。私たちのテレビ番組が初公開された二〇一三年六月、私はエスターとテレビの前に座っていた。終わってから彼女は興奮して「とても素晴らしい出来よ」と言ってくれた。

エスターは最近、タブレットを購入して驚くほどの速さでインターネットを活用することに慣れ親しんでいた。それ以来メールで世界中の人々と連絡し合っている。コンサートツアーの最中であったり、テレビのインタビューを受けていたり、またイベントで講演していたりするので、固定電話ではなかなか捕まりにくいのだ。彼女は行く場所場所で聴衆を魅了し、勇気を与えている。

止めることなど考えたこともないと、エスターは語ったことがある。アウシュヴィッツでも、「死の行進」の際に、ラーフェンスブリュックで演奏させられた時でも、そんなことは考えたことがなかったという。またその後もだ。エスター・ベシャラーノは生まれながらの闘士なのだ。地獄を見なければならなかったが、生きることを愛し、人間の善を信じて疑わなかった。この体験が彼女自身を形成し、深い衝撃を与えはしたものの、彼女をへし折ることはできなかった。それどころか、どんなことをしても人間性を守ろうという強い意志を固めさせた。二〇一三年一二月、私も招待にあずかり、家族と友人らでエスターの89歳の誕生日を祝った。

彼女は私たちに「すべきことは山ほどあります。さあ仕事にとりかかりましょう」と告げるのだった。

ÉVA PUSZTAI エーファ・プスタイ

2章　私たちは堂々としていた

「アウシュヴィッツから帰り戻って来た私たちの中には、強い生命力が存在しています。私たちは、生命がどれほど尊いものかを知っています」

2011年6月23日 ベルリンにて

生き生きとした若々しい歩調で、彼女が満席のドイツ抵抗記念館講堂へ入り周囲を見回すと、すぐさま期待に満ちた聴衆の目が注がれた。エーファ・プスタイは、自著の『物事の魂*』を紹介するためにベルリンへやって来た。本には、二〇世紀ハンガリーでのユダヤ人祖父の人物像が描かれている。元気に彼女は語りはじめた。プスタに広がる平原、生暖かい夏の晩の庭から漂ってくる匂い、祖父の馬飼育場にいたリピツァ産純血種の見事な馬、音楽への情熱、ドイツ文学をかつて愛好したことなどについて語りはじめた。プスタイは「子どもの時に学んだことは、決して忘れることがない」と言って、聴衆に屈託のない幼年期を蘇らせた。エーファ・プスタイは、愛情豊かではあったが、厳しかった両親について話した。子どもたちには、広く豊かな文化教育が与えられ、正直な人間になるよう教育された。規律、勤勉、そして品行方正などの堅実な価値観が家庭の中でいかに大切なものだったか、彼女は物語っていた。覆すことのできないこれらの価値観は、後に到来する苦しい時期に彼女の大きな支えとなった。それから、がみがみ文句を言うが心は善良な祖父のこと、多彩な才能にあふれていた母親のこと、ベッドで父親が話してくれた想像力豊かな話の数々、そして妹のギリケと畑や野原を歩き回ったことなどを話してくれた。

これらは、ハンガリーが一九四四年三月一九日にドイツ軍によって占領され永久に埋もれていった思い出である。ハンガリーのホロコーストで生き延びられなかった愛する人々への思い出だ。この日をもって、エーファ・プスタイの幸せだった青春だけではなく、想像を絶する大規模な絶滅機構の口火が切られたのである。何十万ものハンガリー系ユダヤ人が、数週間のうちに拉致されアウシュヴィッツ・ビルケナウの絶滅収容所へ連れて行かれた。その中には18歳のエーファと彼女の家族が含まれていた。長い放浪の旅の始まりだ。エーファが話している間、こんなことに持ち堪える力を人間は一体どこから得るのだろうかと、私は自問した。自分の目で見たこと、自己の身体を通して体験したことなど、そんなことがあった後で、どうしてこの女性《ひと》は、こんなエネルギーと人を惹きつける力が得られたのだろうか？

すぐに私は、彼女に何が何でも私たちの映画に出演してもらわなければと思った。講演の後、私は彼女の前へ歩み出て、私たちの映画プロジェクトについて話すと、彼女は躊躇することなく、名刺を差し出して、「近いうちにブダペストへ来てください」と笑みを浮かべながら言った。

2011年9月

ブダペスト——過去への旅

同年秋、私たちはカメラマンチームを連れ、ブダペスト旧市街、エーファ・プスタイのアパートの扉の前に立っていると、彼女に温かく迎え入れられ、高価で昔風の家具で飾られた風格のあるアパートへ案内された。私たちの周囲はすべて、金色を帯びた光を放っていた。家族が写っている数々の写真が、芸術的な壁紙で装飾された壁にかけてあった。私たちはこの居心地の良いアパートにいると、すぐに気持ちがくつろいできた。カメラマンチーム、それも5人も家に入れたことがある者ならば、彼らがその家の整頓してある物をゴチャゴチャに乱してしまうことを知っているだろう。しかし、エーファ・プスタイは、驚くほど落ち着いた物腰だった。午後いっぱいの時間を取材用にとっておいてくれた。こちらも十分な準備をしており、もちろん、彼女の著書『物事の魂*』も読んでいた。この本には、二つの世界大戦間でのハンガリーの重要な時代描写がうまく描かれているばかりではなく、同時にエーファ・プスタイのユダヤ系大家族への感動深い敬意もよく表現されている。したがって、著者の人生において、家族と伝統が現在もいかに大切であるかがわかっていた。そして、私たちが見出したいのは次のことだった。両親はどういう価値観で彼女を教育をしたのか？　彼女が後に、ナチのテロリスムに耐えられるだけのものをすでに教育の中で準備していたのだろうか？　エーファ・プスタイは語りはじめた。

◤私たちが人生で一番大切にしていることは、生まれて5歳から10歳までに家庭で見たり聞いたり、体験してきたことばかりです。どうしてそんなに大切かというと、この時期が私たちの人生を形成するからです。両親と家族から学んだことは忘れません。

この貴重な経験から、私はこれまでの人生で必要な物事を学んできました。このことは、今日まで私の頭の中に焼き付いていています。そして歳を取ればとるほど、この忘れがたい幼年期の経験が戻って来るんです。この時期は、先の人生全般にわたって影響をもたらすので、とても大切です。

エーファ・プスタイ、ブダペストのアパートにて——
「人生の危機を乗り越える能力とは、どのように子ども時代、
両親および家族に躾けられたかということに何よりもかかっていると思います」

特に辛い時代にあってはです。人生の危機を乗り越える能力とは、子どもの時に両親と家族にどんな育てられ方をしたかに大きく依拠していると思います。私には非常に頭が良く情のある父親がいました。彼の話は数えきれないほどレパートリーが広く、私が寝つく前に毎晩ベッドで話をしてくれたものです。たいてい父の話は「昔々あるところに小さな娘がいました。その名をフェーといいました」で始まり、出生名がエーファ・ファヒディなので、そのフェーとは私のことです。ハンガリー語では、最初に姓、その次に名を書くことになっているので、私の頭文字はＦＥでした。「お前は、フェーとして生まれてきたからには……」と父が私に言い聞かせるように「一生、好ましいフェーでいなくっちゃいけないよ。というのはね、誰にも迷惑をかけてはいけない。欺したり嘘をついたりしてもいけない。お前より弱い人がいれば、そういう人を助け守ってあげるために、お前がいるんだということを肝に銘じておくれ。そして、お前より頭が悪い人がいれば、嘲笑《あざわら》ってはいけない」これらの話を通して父は、早い時期に道徳規律を私の中に植え付けました。後の非人道的時代に、人間としてあり続けられたのはこのおかげで、確かに大きな支えとなりました。◣

これらは、エーファ・プスタイが会話の中で対峙している愛情深い、そして同時に苦い思い出だ。彼女の巧みな語りは、即座に私たちを当時へと引っ張って行った。

◥私は、デブレツェンという田舎の小さな町で育ちました。そこで、学校へは通っていましたが、毎年夏休みを過ごしたプスタにある祖父の農場に住んでいたような気がしています。田舎の人の気質は、都市の人と比べると違っていると思います。母方の祖父母の農場で過ごした時期は、私にとって本当に貴重な時期でした。そこには動物がたくさんいました。祖父はリピツァ産純血種の馬を飼育していました。この馬は普通の馬ではなく特別な馬です。大農場には大きな湿原があり、そこで私たち子どもは歩き回って探検したりしたものでした。私たち孫がそこに集まった時は、刺激的で忘れがたい日々でした。当時は家族間に強い絆がありました。父方の祖父は仕立屋で手が器用だったので、私たちはいつもそのことを誇りに思っていました。祖父から勤勉とはどんなことかを学びました。勤勉は人生にとって非常に大切なことです。ファヒディ家の者は、常に最善を尽くすのだということです。そして、ファヒディ家の者がすることは、飛び抜けて良くなければいけないのです。私たちは、かなり早い時期から将来なりたいものを自覚していました。私は祖父ゆずりで手が器用でピアノの才能があったので、ピアニストになろうと思っていました。そして、私には模範となる人物がいました。それは従姉妹のボールボラで、私たちは愛情を込めてボチィと呼んでいました。彼女は音楽大学をすでに卒業していて、それで私も彼女のようになりたかったのです。年下の者は、家族の中では年上の者を見て方向を定めていくものです。ですから、妹のギリケも私のようになりたかったのだろうと思います。大家族とはこういうものです。

デブレツェンにはオペラ・ハウスがなく、ブダペストまで行かなければなりません。そんなわけで、私は当時オペラを見ることができませんでしたが、リヒャルト・ワーグナーに関するすべてのオペラの台本を、隅から隅まで読んでいました。そして、収容所から戻ってきて最初に購入したのは、20年代に出版されたワーグナーのオペラの台本でした。ドイツ文化は私にとって常に重要な位置を占めていました。今日でもなお、考え続けている疑問は、何故よりにもよってドイツ文化国民が、狂信的思想の犠牲になってしまったのかということです。数百年かけて考えても解けない、そして回答が得られない疑問でもあります。

私は、両親に与えてもらった質の高い教育、そして文化的教育にとても感謝しています。父は、ギリケと私を一九三五年にはもうキリスト教の洗礼を受けさせていました。私たちは、これによって結局、救われるまでにはいきませんでしたが、私たちが通っていたカソリック系修道院付属学校では、少なくとも政治的議論に巻き込まれることはありませんでした。私たちは、ユダヤ人だと言うことでヤジを飛ばされたり、他のいくつかの学校では普通だった、仲間はずれにされたこともありませんでした。修道女はいろいろな点で馴染みがありませんでしたが、教師としては素晴らしい人々でした。ラテン語、ハンガリー文学およびドイツ文学を教わりました。実家で両親から教わったことの多くは、カソリック系の学校では許されませんでした。たとえば、両親の所では「理解できるまで、質問しなさい」と言われていましたが、カソリック系の学校ではまったく違っていて、生徒は黙って従わなければいけませんでした。

両親は私たち子どもを労《いたわ》りすぎていたと思います。両親があれほど保護してくれなかったほうがかえってよかったのではないか、と時折疑問に思うことが今日あります。私たち子どもは、最後の最後まで温室で生活していたのです。両親は、これによって私たち子どもに何の心配も

上：エーファ、2歳

左：エーファの妹ギリケ

デブレツェンでの家族のガーデンパーティのファヒディ、
1943 年（エーファ、左から 2 番目で前屈み）

ない幼年期と青年期を与えてくれましたが、私たちが心の準備ができるように、もっと早い段階から警告してくれていたならば、助かった可能性も大きかったかも知れません。ひょっとして、私たちや両親も自分自身を助けられたかも知れません。当時、私と同年齢の何人かの娘たちは、積極的に活動し、偽造書類を手に入れたりして、自分たちの家族全員を強制連行から救い出すことに成功していました。彼女たちは、当時すでに何が起こったのか知っていたんです。しかし何も私は知りませんでした。楽天主義は本来ならば素晴らしい特性ですが、危険でお人好しの楽天主義もあります。過去を振り返ってみると、あの時何をすべきだったかがいつもわかります。しかしその状況に自分が立たされると、全体が見えてこないことがしばしばありますす。本来ならば、ハンガリー系ユダヤ人は、遅くとも一九三八年にはヨーロッパから逃げ出していなければならなかったのです。このことに気づいたのは、ほんの一部の人々だけでした。この危機から単に目を避けようとしていたのは、父だけではありません。父は子だくさんの貧民家庭の出身です。祖父ファヒディは、空腹の子どもたちの腹を満たすために重労働をしていました。父が一九二四年に母と結婚した時、母の持参金によって裕福になり、実業家としての大きな名声と権勢を得ました。父はそれらを簡単に断念することができなかったのです。ゲットーにいた時でも、すべてを掌握しようとし、自分の名義人にすべきことを指図していました。しかし、ドイツ人が攻め込んできて、家の事業も即座にドイツ人に奪われてしまいました。父には、すべてが奪われてしまうことなど到底考えられなかったのです。しかし、築き上げてきたすべてを、また別の地でもう一度築き上げることが父にはできたはずです。所有物は大切なものではありません。国から出て行きたくなかった当時、父にはこのことがわからなかったのです。大切なのは、ただ生命のみです。そして、生命を失ってしまったら、二つ目の生命はありませんから。

ドイツ軍のハンガリー占領後しばらくして、エーファの両親の家はドイツ軍に押収され、家族はデブレツェンのゲットーへ強制移住させられた。そこは、恐ろしいほど狭い場所で、一部屋に家族親戚が10人押し込まれ、この先どうなるかわからぬ恐怖で満ちていた。三ヵ月に満たない月日が経った一九四四年六月二〇日に、ハンガリー人憲兵がゲットーへの疎開を開始した。七日後にはエーファも家族と共に、そして他の家族も家畜運搬用の貨車に押し込まれ、三日間の苦痛に満ちた漠然とした旅が始まった。

ハンガリー人の生存者はみんな、当時のことを話す時、いつも二つのことを話します。アウシュヴィッツへの惨憺《さんたん》たる移送です。ハンガリーのホロコーストは夏に起こりました。私たちは、家畜運搬用の貨車へ押し込まれました。80人が三日間、水もなく換気口もなく、まったく何もない状態で押し込まれていました。最初に話すことは、アウシュヴィッツへの旅で、その次に話すことは、アウシュヴィッツで生き延びたすべての人間が、生きている間忘れることのできない、ぞっとするような選別です。皆、選別について話していました。当時私と一緒にアウシュヴィッツに到着した同級生のひとりが、私の後ろに並んでいました。今でも彼女とは少なくとも月に二回会っています。あれから67年が経ち、彼女は会うごとに「覚えてる？　選別の時、私、あなたたちの後ろで立っていたの」と、私に話すんです。私はこの話を何百回聞いたかわかりません。やはりこうした経験は簡単には忘れられないからでしょう。

アウシュヴィッツへ着いてからは、私の場合も他の人々同様に前へ進んで行きました。特殊部隊が「出ろ、出ろ！」と叫び、私たちは家畜運搬用の貨車から追い出されました。その物騒がしさときたら凄まじく、男と女が切り離されたのさえ気がつきませんでした。私は、父に「元気でいてね」とさえ言うこともできず、ただ女たちの中に立っていました。そして、父は姿を消してしまい、すべてがあっという間の出来事でした。恐ろしいほど窮屈で、私は最初、女性が五人一組で一列に並ばされているのに全然気がつきませんでした。五列に並ばされたのは、私の人生で初めてのことでした。私の列の、隣の列には8歳年上の従姉妹のボチィが立っていました。私たちはとても似ていました。ボチィは、授乳が必要な幼い息子フェリッケを連れていました。この子は貨車での三日間、文字どおり乾ききってしまい、まだ生きてはいたのですが、洗濯かごの中にただ横たわっていただけでした。洗濯かごの両方の取っ手は、一方は従姉妹のボチィが、他の一方は母がもっていました。母の横には妹のギリケが、妹の横にはボチィの母親が立っていました。これが、私たちが並んだ五列だったのです。

それから、私たちはメンゲレの前へ出て行きました。すべてが完璧に準備されていました。メンゲレの前へ出るまでは、周囲には静けさが漂っていました。メンゲレは、喚き立てることもなく、私たちに微笑みかけました。もしお金がたくさんあって、保管してもらうために誰かに頼まなければならなかったら、メンゲレに渡していたでしょう。そのくらい信用のおけそうな感じを私たちに与えました。彼は優しく従姉妹と私に聞いてきました。「君たち、双子？」「いいえ」と私たちは答えました(4)。それから、私の列は切り離され、私だけが残され立っていました。一瞬にして家族の姿が消えたことに全然気づきませんでした。それから、早く行けと追い立てられ、私も駆け足で行き、他の人も皆いなくなっていたのです！　自分自身に何が起こったのかさえも知らずに、人生で最大の悲劇を私はこうして体験しました。ほんの数秒間のうちに、父、母、妹、それに身近な親戚を失ってしまいました。彼らは皆、ガス室へ送り込まれたのです。この瞬間、私たちは生きていられるのか、それともこれで終わりなのか、わかりませんでした。人間だった人々があっという間に存在のないもの、名前も、人格も、そして誰でもないただの囚人になってしまったのです。◣

想像を絶する条件下での生活が始まった。自由は奪われ、ただの番号へ格下げされた。エーファは、家族から切り離され、家族の運命についてこの時点ではわからなかった。人間が人間としての価値がなく、人間の尊厳が踏みにじられる場所で。毎日、親衛隊の監視人による横暴、情け容赦のない行為にさらされていた場所で。いつも空腹で、喉がカラカラで、ぼろ切れの服を身体にまとっているだけだった。一体、どうしたらこのような状況で、人間は生きる意志を守り続けられるのだろうか？　この悪夢のような地で、何がエーファに生き残るための助けとなったのだろうか？

◤私たちが一九四四年にアウシュヴィッツ・ビルケナウ収容所へ着き、恐ろしいほど苦しまなければならなかったのは、ハンガリーのホロコーストがわずか数週間のうちに行われたことによります。アウシュヴィッツは、ハンガリーからの無数の運送に対して準備されていませんでした。ですので、私たちはまだ完成していなかったバラックに住まざるを得ませんでした。板張りの簡易ベッドさえもなく、裸の床に寝なければなりませんでした。何よりも悲惨だったのは、水がほとんどなく、仮設トイレが充分になかったことです。

　このような恐ろしい時期でも、私は窮地の中にあっても他の人に助けの手を差し伸べる人間がいるのを体験できました。ですから、いつもこの時期について私が話をする時は、私たちは本当によく団結していたので、「私」の一人称ではなく、「私たち」の複数形で話をします。彼女たちは、私と同じ年齢の娘たちで、何人かは同郷の知り合いでした。互いに助け合い、収容所でも中核的な存在だった私たち五人組は、とりわけ団結力が強かったのです。彼女たちは家族の代わりのようなものでした。デブレツェンから来たアニコ、ミシュコルツから来たリリーとクラーリは、私にとって姉妹のような存在になりました。そして、全員が心がけたことは、実家で育てられた躾を維持していったことです。教育やそこで成長した実家の思い出は、その後の人生を形成してゆくものです。私たちが実家で学んだことは、アウシュヴィッツでも助けとなりました。私たちは、きちんと礼儀正しくするように努め、実家で教育されたように、お互いに会話を交わしました。

他の女子収容所の至る所で女性たちの決断力が強かったと、後で聞きました。私たちは、お互いに助け合い、他の人を決して疎《おろそ》かにはしませんでした。ひとりが暗い気持ちになっている時は、他の人が慰め助けてあげたものです。私たちは、生き残れるんだという確信をもって前を向いていました。「また家に帰ったら、その時は勉強して、それから何かいい職を習得しようね」と私たちは互いに言っていました。家に帰ると、そこで家族が生きていて、私たちを待っていてくれるのだという希望があったからです。

最初に私たちが手に入れたのは歯ブラシで、当時は靴を磨いた小さなブラシでした。今日ではもう見られません。これで私たちは毎日歯を磨きました。人間の尊厳を守るためには、大切なことだったんです。アウシュヴィッツ・ビルケナウでは、私たち五人でひとつしかなかった食事用容器を分け合いました。最初の人に何だか得体の知れないものが容器にぶち込まれ、皆それを一口とって、ブリキの容器が空になるまで、順々に回していきました。後の労働収容所では、各自が少なくとも自分の容器を所有していました。本当はいつも容器をさっとつかんで、最後の一口までぐいぐい飲み込み、一滴も残さずなめ回したいところなのです。そのくらい私たちはいつも恐ろしいほど空腹でした。それでも私たちはそれまでの躾に従い、容器を前に置き、水っぽいスープをスプーンで飲みました。五人一組のグループにパン一個が渡され、私たちはそれをできる限り正確に分け、もらったわずかなパンの一部は、晩は食べる物がなかったので、工場での労働から帰ってきた時の夕食の分にとっておきました。当時、一日中、重労働を課せられて、くたくたになって飢えきって帰ってきました。

空腹とは、私の経験では三つの段階があります。最初の段階は、何を食べたかまだよく覚えています。まだその味覚が残っていて、数日前に食べたものも胃にまだ残っています。それから、無理やり食べ物について話しはじめる段階がやって来ます。私たちは収容所で「家ではグーラシュはこう作って、それからケーキには次の素材を入れたの」というふうに、レシピのやりとりをしました。そして、とうとう身体中が痛くなり、もう食べ物の話はしなくなりました。この苦痛はかなりのものでした。この段階で私は、文化というものがいかに重要か、生死に関わるくらい重要かを、経験しました。というのは、私たちは本について話しはじめたり、空想の中で一緒に映画館やコンサートに行っていることを想像したりしたからです。そして、映画や芝居について語り合いました。また、芝居を見に行くとしたら、どんなきれいな服を着て行くだろうかということも話しました。でも、食べ物のことは頭から一度たりとも消えませんでした。それは、少なくても通常の体重の三分の一を失って、最後の段階がやって来るまでのことです。身体の周囲が、あたかも宙空の塵に戻って行くように突然軽くなり分散していきます。自分の名も、どこに住んでいたかも忘れてしまいます。まだここにいるのか、別の世界にいるのかもわからなくなります。これは猛烈な空腹状態です。

私は、どうやって生き残れたのかとよく聞かれます。他人の助けと援助があったからこそ可能だったのです。奇妙なことに、死ぬのではないかという考えは一度も浮かんできませんでした。アウシュヴィッツの点呼の時、私たちはしばしば数時間も五人一組で立っていなければいけませんでした。以前は箱入り娘だった私たちは、丸坊主で、到着の時に投げ渡されたぼろ切れの服を着て、ただ立っていました。その最中に毛布にくるまり中から手と足が外へだらりと垂れている死体が、バラックから運ばれて来ました。その時も、いつか私たちも毛布にくるまって外へ運ばれて行くかも知れないという考えは、決して浮かんできませんでした。本当に一度もです。五人の誰もがそうでした。ですから、このような生きる意志を維持していくには、その人にとって大切な存在が必要なのです。私たちは、死ではなく、生きることだけを考えていました。

生き延びるためには、一刻も早く強制収容所から出なければいけませんでした。不幸中の幸いに、私は六週間後に他の数千人の女性と再び家畜運搬用の貨車へ押し込まれ、強制収容所ミュンヒミューレ、ブーヘンヴァルトの外部収容所へ強制移送されました。そこは、アレンドルフの近くで、ドイツ最大規模の軍事工場のひとつ、榴弾《りゅうだん》を作っていたダイナマイト社がありました。他の数百人の女性たちと一緒に私は、そこで強制労働者として使われました。私の仕事は、50キロの榴弾をアニコとベルト・コンベヤーから持ち上げ、箱に梱包することでした。有毒素材、トリニトロトルエンと硝石が詰められた榴弾を、一日に八〇〇個、引きずり運ばさせられました。二つの組成成分を一定の割合で混ぜると、爆弾ができます。まったく簡単な技術ですが有害性の高いものです。普通は、少なくとも防護衣、防護手袋と防護マスクが必要ですが、もちろん、私たちには与えられることもなく、常に苦い味覚を唇と肌に浴びていました。唯一の防護対策は、晩に熱いシャワーを浴び

エーファ、友だちのアニコ・ヴァイツ（左）とリリー・ガーボル（中央）と共に。
1990年、シュタットアレンドルフにて

させてもらえたことです。もしそうでもしなかったら、日常浴びた有害成分に耐えて生き残ることはできなかったと思います。

もうすでに冬でした。私たちは、まともな靴も、靴下も、下着類もなく、コートもなくただ薄い亜麻布の服をまとっているだけでした。寒さは私にとって最悪でした。今になって振り返ってみると、私たちがこんな状況下で生き残れたのは、本当に信じられないことです。それから、重い病気にならなかったこともです。ある朝、私はとても疲れきって、板張りベッドから起き上がれずにいました。「ダメ、私、起きられない。それにこんなに寒いんだから、点呼には行かない」と言ったのです。点呼に行かないということは、自殺行為と同じです。アニコがしきりに私を説得してくれたのが、今でも生き生きと記憶に残っています。「エーファは、両親と妹に再会しなくっちゃダメよ。もうじきここから出られるから。私たちの目の前に広がっている素晴らしい将来を考えて」アニコは、私が力を見出して点呼場へ身体を引っ張っていくまで、言い続けました。◣

二〇一二年一二月に、エーファがいつも「私の分身」と呼んでいた、五人組でそれまで生きていた最後の仲間、陽気で明るいアニコは帰らぬ人となった。エーファがそれからまもなくしてドイツへ来た時に私たちは彼女と会った。エーファは、姉妹のような存在だったアニコの死をとても悲しがっていた。

◤一度、私がたちの悪い中毒にかかってしまい、営内病室へ運ばれたことがありました。収容所の病室は、アウシュヴィッツ・ビルケナウの病室とはかなり違っており、アウシュヴィッツ・ビルケナウのは、皮肉にも病室と呼べるものではありませんでした。ここへ運ばれて来ると、たいていガス室で終わりを迎えます。食事を運ぶ同じカートで、死体が集められ火葬場へ運ばれました。アウシュヴィッツの病棟では、デブレツェンにいた時から知っていたカトリンおばさんと呼んでいた小児科医が働かされていました。私が赤痢になった時、助けを求めて彼女の所へ行きました。その時、カトリンおばさんは「もう二度とここへ来るな」と叫びはじめ、「横っ面を引っぱたかれない前に、さっさと消え失せろ」とも彼女に言われました。私は、彼女が気でも狂ってしまったのではないかと思いましたが、今になってみると、おばさんが私の命を救ってくれたことがわかります。

強制収容所ミュンヒミューレには、ガス室がなかったので、中毒にかかった身を病室へ引きずっていくのをためらいませんでした。今まで以上の空腹と危機が収容所に蔓延《はびこ》っていて、この頃はもうかなり戦争末期でした。ですので、私たちは夕食用にとっておいた自分たちのパンを、病棟の私の枕下に置いておくことに決めました。そうすることで、あとの4人が労働から帰ってくるまで、私が守っていてあげられるからです。一切れのパンを下にして、私は気の長くなるような一日を寝て過ごしていました。こんな思いは親の敵《かたき》がいたとしても、させたくはありません。パンをいつも五人一緒に公平に切り分けるので、その時になるまで私は自分の分さえ食べることが許されていませんでした。一日中、掴もうと思えば掴める枕下のパンのことばかりを考えていました。何故一気に食べてしまわなかったのか、飢えきっていた私のどこにそんな忍耐力があったのか、今日でも謎です。◣

「一体、人とは何をもっているのでしょう？　何が人を形成しているのでしょう？」と、エーファ・プスタイは『物事の魂*』の最初のページで読者に問いかけている。この問いは、必然的に彼女の人生史を聞いている者すべてに突きつけられている。人間とは何なのか？　あのような体験、あのような喪失の後で何が残るのだろう？

◤すべての人々、すべてをなくしたら、その時はただひとつしか残っていません……生命！　生命があれば、それを活かすべきです。だから、私たち、アウシュヴィッツ・ビルケナウからの生還者のほとんどは、いかに生命が貴重なものか知っているので、歳を取ればとるほどバランスのとれた自覚のある人間になっていきます。そして、生命があるなら、それを設計すべきで、状況に応じてそれなりに幸せでいられます。私は、ひとりの生存者について最近読みました。彼は、自分の孫たちとアウシュヴィッツへ行き、そこで孫たちと踊ったということです。彼は、そのような地で踊るとは気でも狂ったのではないかと憤慨して聞かれたそうです。それに対し、彼は生き残れたのだから、他の人も彼と一緒に喜ぶべきだというものです。◣

89歳のアダム・コーンは、二〇一〇年に孫たちと一緒にグロリア・ゲイナーのディスコチャートのヒット曲『アイ・ウィル・サヴァイヴ』に合わせて踊ったことで世間の注目を浴びた。よりによってアウシュヴィッツで！　このYouTubeのビデオが無数の人々の心を打ち感動させた。他の人々にとっては、耐えられない挑発であった。アダム・コーン自身にとって、孫に囲まれて踊ったこの踊りは喜びの踊りであったのだ。自分の母親が殺され、彼自身も恐ろしい地獄の中を生き抜いてきた場所で踊ることで、彼は人生最大の勝利を表したのだった。「それ以来、私はもう犠牲者ではありません。私は生き残ったのだから、そう勝ったんです」とインタビューの中で言っている。

◤私はこの男《ひと》のことがとても理解できるんです。彼は生き延びられた喜びを讃えて踊ったんですもの！　生命は一回限りで、尊いものだからです。アウシュヴィッツから帰って来た私たちの中では、この生命力が非常に深くはっきり現れています。私は本をよく読みます。愛読書のひとつにミヒャエル・エンデの『はてしない物語』があります。この本は、主人公が門を通り抜けることによって別世界へ行ってしまうことから始まります。現実にはこれは、残念ながら不可能ですが、私は死んだ後に何がやって来るのか知りたくてたまりません。何が彼の地で私たちを待っているのか知りたくても、それでも私は小指さえも門に差し込むことができません。だからこそ、人生は一回限りのもので、とても貴重なのです。

私たちから人間の生命を奪いとるすべてのものに対する苦痛は残ります。そして死そのものは、年月が経っても変わりません。母は未だに39歳で、父は49歳、そして妹は11歳です。そうこうしているうちに今頃は、家族の大多数を自然死で失っていると思います。しかし、彼らがどのように死んでいったかという死に方が問題で、それはとても痛ましいことです。誰も助けてあげることができなかったのですから。傷跡は残ります。この傷を背負って生きることを私たちは学びとりましたが、忘れることはできませんよね。

エーファがほぼ70年前に、ガス室へ送り込まれた妹のギリケについて話す時は、苦しみが未だに存在し、その大きさが見てとれる。88歳のエーファは、ギリケが突如ドアの前に立って「しばらくぶりね。トンボ返りしようよ?」と言っている夢を未だに見るという。

彼女の場合、ハンガリーの大家族の51人もの親戚がホロコーストの犠牲者となった。したがって、エーファ・プスタイは、憎しみを抱くに充分な理由をもっていたのだ。彼女の中に憎しみも苦い思いも感じられないのは、一体どういうことなのだろうか、こんなことがどうしたらできるのだろうか?

▼イムレ・ケルテースは、収容所から戻ってきた時、あるジャーナリストとの出会いを自著『運命ではなく』の中で記しています。ジャーナリストは彼にこう尋ねました。「今でも憎しみを抱いていますか？」それに対して、若いイムレは「世界中を恨んでいる」と答えています。私も世界中を恨みました。しばらくの間はね。ブダペストで同年齢のドイツ人に道を聞かれたりした時は、あたかも彼らの言っていることがわからなかったかのような素振りをしていました。彼らがあの当時、何をしたかわかりませんから。戦後、私はドイツへは決して行きませんでしたし、ドイツ語も話しませんでした。そして、一九八九年にある新聞に、シュタットアレンドルフ市がかつての強制労働者を探しているという記事が載っているのを見つけました。私はそれを目にした時、胃痙攣《いけいれん》をもよおしました。今さら、何をこの私にしろというのでしょう？　私はその後、市が出会いの場を作ろうと計画していることがわかり、このモットーは、「和解の秘密とは思い出」でした。この催しに、市は私とまだ生きているかつての強制労働者を招きました。私はありったけの勇気をふるって、ドイツへ旅発ちました。そして、以前とはまったく異なったドイツを知ったのです。私の憎しみが時代錯誤になっていたこと、この憎しみは私がドイツで出会った人間とはもう関係がないことがわかってきたんです。だって、彼らは犯人の子どもや孫たちの世代になっているんですから。ですから、憎しみは何の意味もないことがわかったんです。ドイツが再生や歴史の整理をした後なのですから、なおさらです。◢

出会いの場を設けた後、シュタットアレンドルフ市は、不正行為とかつての強制労働者の記録を保存する情報センターを90年代初期に設立した。エーファ・プスタイは、この記念館に自分の人生に関わる重要文書と写真を寄贈した。

◤私たち姉妹が昔けんかをした時、両親は決まって「夜までには仲直りしなさい」と言ったものでした。憎しみを心に抱いてはゆっくり寝られないことを両親は知っていたからです。私も憎悪を胸に抱いていては気持ちよく生活できないのが、そのうちにわかってきました。この認識を他者にも伝えられたらと思います。よく人に聞かれるんですが、人生の中で何が一番大切かと。民主主義社会の中で暮らしていけることが一番大切だ、と昔はたいてい答えていました。これは、私が長年こういう幸せな環境にいられなかったことと関係があります。今日、同じことを聞かれたら、私は憎しみと攻撃的な気持ちをもたずに、周囲の人々と仲良くやっていくことが何よりも大切なことだと答えると思います。◢

60年近くエーファ・プスタイは、強制収容所での体験について沈黙していた。しかし、記憶を追いやることは、もうこれ以上彼女にはできなくなっていた。自著『物事の魂*』の中でこう記している。「アウシュヴィッツ・ビルケナウ収容所を体験した者は二つの生命をもっています。ひとつはアウシュヴィッツの前で、もうひとつはアウシュヴィッツの後です。その後の人生でも、アウシュヴィッツ・ビルケナウは、収容所にいた期間とはかかわらず、意識からその体験を追い出すかどうか、それについて

エーファ・プスタイ、2003 年アウシュヴィッツ・ビルケナウにて。
「時間という草が茂って、アウシュヴィッツとビルケナウの正体を覆い隠している」

話すか沈黙するかにかかわらず、常に現存している。アウシュヴィッツ・ビルケナウは、どんな時でも、内深く、身体と心の中にいつも存在してる」(5)。二〇〇三年に初めてエーファ・プスタイは、家族の亡骸がばらまかれている、残虐行為が行われた現場へ帰っている。要約すると、「両親、祖父母、そして親戚が埋められている所にその人のルーツがあるとすれば、私はビルケナウに残っていなければならなかった。私の本当の居場所は、両親の遺骨があるビルケナウの泥沼なのだろう」(6)

しかし、エーファ・プスタイは、自分の人生に戻って来た。彼女は、一九四五年に解放された後、故郷へ戻り、両親の家のベルを鳴らすと、見知らぬ男がドアを開け、荒っぽい言葉で彼女を追い払った。「それでわかったんです。私は天涯孤独になってしまったんだということが」

彼女はマルクス主義が約束していたより良い公正な世界を期待していたが、それもハンガリー共産政府の下でその後まもなく崩れていくことになる。見せしめのための公開裁判が大々的に行われた五〇年代初期に、彼女の夫は逮捕された。エーファ自身には、いわゆる「階級を下へさげられた社会構成分子」として、ただ見習いの仕事のみが許されていた。この時期について、彼女はほとんど話したがらない。一九五六年のハンガリー暴動の後、彼女はついに貿易関係で責任のある地位を得た。そして、ベルリンの壁が崩壊した一九八九年には、自分で小さな貿易会社を設立した。今はもうエーファ・プスタイは定年を迎えているが、平穏無事な生活を送ることなどは考えてもいないようだ。というのは、ユダヤ民族は現状のハンガリー右翼主義政府の下で、またもやむき出しの反ユダヤ主義と対峙しなくてはならないからだ。異教徒の少数派、とりわけロマ（ジプシー）、彼らは極右主義者の不法行為の的になっている。二一世紀のヨーロッパにおいて、人々がまたしても生命の危機を感じなければならないのに対して、アウシュヴィッツ生存者たちは激しく抗議している。エーファ自身が言っているように、ホロコースト活動家として、ネオ・ナチズム、反ユダヤ主義、そして排外思想に対して、彼女は活動している。かつてなかったほど頻繁に彼女は諸国へ行って、ホロコーストが忘れ去られないように、朗読や講演をしている。また、若者にホロコーストについて啓蒙するため、学校へ赴いて話をしている。簡単にできる思い出話ではない。しかし、彼女の中に脈々と流れる生きる喜びについて考えると、過去を思い出すには勇気が必要で、この勇気には枯渇しない力の源泉が秘められていることをぼんやりと感じさせられる。

ハンガリーでのホロコーストの痕跡を追って

翌日の午前、私たちは史跡ブダペストでの野外撮影のためにエーファ・プスタイと約束をしていた。彼女のアパートへ迎えに行き、そこで初めて彼女の愛人アンドル・フランクルに会った。彼は、この日エーファのお供をすることになっていた。親しみがあり、魅力的なこの老紳士は、二日前に90歳の誕生日を祝ったばかりだった。そして、私たちがじきに知ったのは、彼もまたホロコーストの生存者だということだった。「タクシーを呼びましょうか?」と二人に聞くと、「とんでもない、少し歩いて行きましょうよ!」とエーファが言ったので、私たちは歩いて行った。90歳のアンドルはトーマスと先頭を進み、エーファと私は活発に会話を交わしながら、その後ろに続いて行った。30分以上歩いた後、やっと私たちのカメラマンチームが待っていたドナウ川河畔に到着した。昼時で太陽が陰のない土地に激しく照りつけて、九月の日にしては予期せぬ暑さだった。長い撮影が私たちを待っていた。見渡す限り、飲み物が買えそうな店は一軒もなかった。「水を買いに行きましょうか?」と私がエーファに聞いたが、彼女の答えは「とんでもない、結構です」だった。「すぐに取りかかりましょうよ」と、87歳のエーファは、若い私たちもそれに身体の頑丈なカメラマンチームも感服させたほどのバイタリティを見せ、驚くべきエネルギーと我慢強さで、ハードな撮影をこなしていった。

感銘深いホロコースト記念碑があり、一息手を休め黙想したくなるようなドナウ川の東河畔で、私たちは撮影した。長さ約60メートルに渡り、金属製の靴が川沿いに並んでいる。女の子の靴、婦人靴、子ども靴などが。パイルクロイツラーというハンガリーのファシストによる三ヵ月間の恐怖支配政治の間に、ドナウ川河畔で撃ち殺された数多くの人々、子ども、婦人、高齢の老人らを、これらの靴は想い起こさせる。彼らは、いとも簡単に急流のドナウ川へ撃ち落とされた。エーファ・プスタイはこの大量処刑について、見るからに心を震わせ語った。

◤数あるホロコースト記念碑の中でも、ドナウ川河畔のこれらの靴は、私にとって最も恐ろしい光景のひとつです。彼らがどんな状態でここに立たされていたかを想像すると、目を閉じる必要などありませんから。パイルクロイツラーにゲットーから追い払われ、銃殺されました。彼らが最後に靴を脱いだ様子が鮮やかに目の前に浮かんできます。彼らは三人一組になって縛られました。撃たれたのは真ん中の者だけで、氷のように冷たい水へ他の二人も巻き込んで道連れにしていきました。私には銃声が聞こえます。どんなふうに彼らが川の中へ落ちて行ったかが見えるんです。

当時、その場にいて生き残った二人の人間を私は知っています。この二人は、ドナウ川を泳ぎ抜きました。ひとりは女性で、当時は私より若くまだ子どもでした。どうにかして、彼女は繋がれていた手を外すことができ、岸辺まで辿り着くことに成功しました。それから、隠れ潜んで生きながらえたわけです。もうひとりは男性で、私は彼のことを知っていたんですが、彼は生きている間ずっと、当時、自分の横に立っていた女性を捜し続けていました。彼女は彼に「自分が撃たれるまで待たずに、その前に飛び込みなさい」と言ったのでした。この光景が鮮明に見えてきます。ここで死を待っていた人々の光景が。彼らの気持ちが直接伝わってくるのが感じられるんです。◢

ドナウ川河畔にホロコースト記念碑が建てられて以来、反ユダヤ主義の冒瀆の象徴になっている。犠牲者の死後も、嘲笑する目的で、ある夜、靴の中に豚の足が押し込まれていた。ハンガリー右翼主義政府は、この行為をただ黙認しただけではなく、潜在している反ユダヤ主義でこれを煽り立てた。

私たちは、ヨー

「数あるホロコースト記念碑の中でも、ドナウ川河畔の数々の靴は、私にとって最も恐ろしい光景のひとつ」

ロッパ最大のユダヤ教会がある市内へ向かった。一九世紀にユダヤ民族が新たに目覚めた自意識の表れである豪勢なムーア式の神殿は、当時のユダヤ社会の成長を示している。第二次世界大戦初期にハンガリー在住の80万人のユダヤ人のうち、20万人が首都ブダペストに住んでいた。一九四四年一一月、ドイツ軍によるハンガリー占領後、隣接する市区からフェンスと外壁で完全に封鎖されたユダヤ教会は、ブダペストのゲットーの中心になった。ブダペストのユダヤ住民は、この窮屈な空間に閉じ込められた。疫病、飢えが広まり、彼らの多くはその犠牲者になった。ゲットー住民の半数以上が、ここから絶滅収容所へ連れ出されていった。ユダヤ教会の中庭には、今日、鉄の大きな樹、当時を想い起こさせる「生命の樹」が立っている。その葉には、ホロコーストの犠牲者の名前が刻まれている。ここでエーファ・プスタイは、祖国が自国の歴史と責任をもって対峙していくよう力強く演説をした。

◤ハンガリーのホロコーストは、最後に、しかも一番素早く実行されました。一九四四年三月一九日にドイツ人が侵入してきて、同年の七月にはすでに終わっていました。アイヒマンは、自分の特殊部隊を引き連れてやってきました。この国のすべてのユダヤ人は、想像に絶する短い期間で強制移送されて行きました。残されたのは、ブダペストのゲットーと、保護されていたユダヤ人家屋にいたユダヤ人だけでした。こんな小さな国で、しかも当時の物流戦略で、43万人以上もの人間を約六〇日間で輸送貨車に押し込み、アウシュヴィッツ・ビルケナウへ移送するために、ゲットーに封じ込めるなど、こんなことが可能だったのでしょうか？　しかもアウシュヴィッツ・ビルケナウでは、30万人以上が即座にガス室に送られました。

ブダペスト、ドナウ川河畔での撮影休憩。
左からクリスタ・シュパンバウアー、アンドル・フランクル、
エーファ・プスタイ、トーマス・ゴンシオア

ハンガリーの社会全体が、警察や国鉄が、手を貸していなかったら、大勢の人々の移送は実現不可能だったのではないでしょうか？　この場で言っておきたいのですが、ユダヤ人同胞を助けたハンガリー人もいたということを忘れてはいけません。彼らは、ユダヤ人をかくまって、偽造文書を調達してきたりしました。それによって、自分や家族の命を危機にさらす羽目になってもです。でも、これは本当に少数の人々でした。国民の大多数は、ユダヤ人を助けることなど考えてもいませんでした。

私は、ハンガリーでも自国の過去についての論争が始まるのだと、長い間、信じていました。私が90年代にはじめてドイツへ戻ってきた時、まったく別の国になったことを見て、ハンガリーもいつか歴史との対峙が始まるのだろうと期待していました。とても長い間、私は待っていましたが、何も起こりませんでした。官庁側から今日もなお公式の記念日に、ハンガリーのホロコーストは強制されたものだったと、見せかけたり、宣言されるのが腹立たしくてたまりません。いつの日か、真理を認める瞬間が来なくてはいけません。私が生きているうちに！

エーファ・プスタイがカメラを前にして苦い記憶を話したにもかかわらず、この日は皆一緒になって笑った。エーファは、驚くべきユーモアと、心が温まり人にうつしていく笑顔をもっている。彼女の人柄の中には、喜び、苦しみ、冗談、そして悲しみが、互いに奥底で折り合わさっている。

アンドルとエーファは、ユダヤ系レストランで食事をしている間、機知に富んだ会話のやりとりを交わした。二人にとっておいしい食事をとることが、とても大切なことだとすぐに見てとれた。「この次、あなたたちがハンガリーに来たら、おいしいラタトゥイユを作って差し上げましょう」と、エーファは約束した。長い撮影日が終わって、彼女はアンドルと腕を組んで早足で歩いて行く。私たちは再び「タクシーを呼ばなくてもいいですか？」と聞くと、「本当に結構です。ちょっと身体を動かさなくっちゃね」と、彼女は笑みを浮かべて答えた。

2012年1月

生きている記憶——エアフルトを訪ねて

アウシュヴィッツのストーブ製造会社トップ&ゾーネに招かれ、エーファ・プスタイは二〇一二年一月に、連れ合いのアンドルを同伴して記念地のエアフルトへ講演のためにやって来た。頻繁に生き証人を招いている記念館の活発な教育活動を、エーファ・プスタイは力強く支持している。エアフルトからそう遠くない所にかつての強制収容所ブーヘンヴァルトがあり、この外部収容所ミュンヒミューレに、エーファは一九四五年四月に解放されるまで留置されていた。数年前から、彼女は定期的にブーヘンヴァルトへ記念行事に訪れている。

地元エアフルトの同族会社、かつてのトップ&ゾーネによって、ブーヘンヴァルトの火葬場だけではなく、アウシュヴィッツの焼却炉とガス室の換気装置も製造されていた。会社経営陣は、このため親衛隊と親密かつ協力的な関係になっていた。「いつも喜んで貴殿のために働かせていただきます」と、会社経営陣はサービス精神旺盛にアウシュヴィッツ収容所指導部宛の手紙にサインしていたのである。この句は、今日、わざと目立つよう、戒めのために大文字の活字体でかつての会社ビルに掲げられている。ここに二〇一一年、歴史博物館「トップ&ゾーネ」が創設された。この博物館は、民間企業が絶滅収容所の大量殺戮の共同正犯であったことを明るみに出しているばかりではなく、当時会社で働いてい

エーファ・プスタイ（ソフィ・エッケンシュターラーと共に）、
エアフルト市役所に集まった生徒たちを前にして

た従業員全員に対して、それぞれの責任を厳しく問いかけている。会社の歴史は、ユダヤ人民族大量殺戮の共同正犯を驚くほどはっきりと示している。しかも、これはまったく普通の人間が関与して、当たり前かのように自分から進んで行った行為だった。

エーファ・プスタイは、講演の中でエアフルト市役所に集まった生徒たちに、いわゆる自ら手を汚さない机上の凶悪犯らが特別悪質な行為をなすことをはっきりと言っている。

▼トップ&ゾーネ社の収集は、私にとって、あらゆる記念館の中でも鳥肌が立つほどおぞましい品々です。直接現場で、銃撃したり、鞭打ちしたり、また殴ったりした犯人だけじゃなく、机に向かってゆっくりと落ち着きながら、数千人の絶滅計画を練っていた机上の凶悪犯らがいたからです。トッ

エーファ・プスタイ（アンドル・フランクルと）、エアフルトの生徒たちと対話の最中、アウシュヴィッツのストーブ製造会社トップ＆ゾーネ歴史博物館にて

プ＆ゾーネ社では、最初から最後まで計画が作成、図形化されました。技師や会社経営陣同様に、下っ端のまったく権力のない速記タイピストも、これについて知っていたんです。火葬場で、日々毒ガスで殺されていった人間が焼却されていくのを全社員が知っていたんです。◣

今日、エーファ・プスタイは、若い人々と会話を交わしたいという切なる願いをもってやって来た。この地や多数の地で起こったことが二度と起こらないようにするためには、自分の責任で行動することがいかに重要で、一人ひとりが勇気を身に付けることがいかに大切かを、彼女は伝えようとしている。どのようにして若者をつかみ、目覚めさせたかを、彼女はカメラを前に私たちに語ってくれた。

私は、よく学校へ出向きます。それは子どもたちや青少年に私の体験を聞いてもらうためなんです。彼らには、戦争や強制収容所がどんなものだったかまったく想像がつかないのがわかっています。もっとも、知らなくて本当に幸せなんですが！　でも、せめて知識として知ってもらうために、私は彼らに白紙を渡して、それから、自分が所有している物と大切な人間を、それぞれ全部書かせると、お父さん、お母さん、兄弟、亀、携帯、猫、靴、コンピューターなど、それぞれ思いついたままますべてを書いてきます。私は、子どもたちが書き終わったのを見とどけると、次のことを語りかけます。

「もし誰かがこの書いた紙を奪って、破いてしまったら、どう。ちょっと想像してみて。そうしたら、君たちがちょっと前にもっていた物が何もなくなってしまうでしょ」

何故なら私たちは当時そういう目に遇ったんです。ある瞬間から他の瞬間へあっという間に、私たちはすべての物、人間を失ってしまいました。今の時代、普通の人間には、数秒のうちにわずかな仕草で全人生が破壊されてしまうなんて、簡単に想像できないはずです。このような些細な練習を通して、子どもたちは、当時の私たちに何が起こったかを感じとれるようになれます。

それから、私が子どもたちに言うことは、

「ちょっと想像してみて。突然、たったひとりぼっちで、裸にされ丸坊主にされて立たされるのよ。自分は一体誰なのかって？」

2012年5月

エーファ・プスタイの二つの人生

ドイツ連邦功労十字勲章をブダペストのドイツ大使館で授与されるというニュースをエーファから受け取った。夜行列車で私は、現地カメラマンチームのジュリ・ボローシュとガボル・プチョラが待っているハンガリーの首都へ向かった。待ち望む喜びをいっぱいにしてエーファは、アンドルの他に仲の良い友人たち、娘と孫二人が式典に同席してくれることを私たちに伝えた。それを聞いて、私たちは、家族に囲まれてエーファが到着するところが撮影できるように、大使館前にカメラを設置しておいた。彼女は、笑みをいっぱいに浮かべながら娘と手を組んで現れ、その後からアンドルと孫たちが続いてやって来た。趣味のよい緑のドレスに包まれ華々しく映ったエーファは、堂々と真っ直ぐにドイツ大使のスピーチに耳を傾けていた。大使は、彼女にドイツ連邦功労十字勲章を厳かに渡した。「この高位勲章をもって、連邦大統領ヨアヒム・ガウクは、ドイツ国民を代表して、想起文化におけるエーファ・プスタイの活動および、ホロコースト後のユダヤ教徒とキリスト教徒、およびハンガリー人とドイツ人の和解の努力において、彼女の長年の活動を高く評価した」。功労十字勲章と表彰状が授与された後、エーファは、演題の前へ出て二ヵ国語でスピーチをした。

閣下、並びにご出席の皆様、

このような素晴らしき日は、人生にそう多くあるものではございません。もしかしますと、一回限りのものかも知れません。そして、私のように長い人生を生きてきて、生涯のうちで起こり得るほぼすべてのことを体験しながら生き延びてゆくと、何が人生で大切なものかわかって参ります。最も大切なものは、私にとって常に切磋琢磨すること、良い人間であることでした。私は、幼子だった時から人の助けになりたいと思っておりました。しかし、アウシュヴィッツ・ビルケナウを体験した後では傷を背負って生きてゆかなければなりません。そして、長年肌にしみ込んだ怨根《えんこん》をもって生きられないことに気づくまで、それほど長い時間はかかりませんでした。これに気づい

アンドル・フランクルと一緒のエーファ・プスタイ、
ブダペストのドイツ大使館前にて

た第一歩は、私の場合はシュタットアレンドルフ市から招待されたことでした。アウシュヴィッツの後で強制労働を課せられた土地です。それまで、私はドイツ語の言葉はもう決して口にしないと思っておりました。45年経ってシュタットアレンドルフを訪ねた際、私はまったく別の新しいドイツに遭遇したのでした。しかしながら、私が自分自身のホロコーストについて話せるようになるまで、それからまだ数年

ドイツ大使館におけるドイツ連邦功労十字勲章受章のスピーチ

を要しました。
この時期には、アウシュヴィッツ・ビルケナウのことはまったく考えないようにしておりました。あれから、59年が過ぎて行きました。

私は、ホロコーストを否定するために、どんなプロパガンダが行われているかインターネットで詳細に調べております。終戦をむかえ、もうすぐ70年になります。記念館は古く、いくつかはもう古くさくなっております。疑問は、私たちの世代がいなくなった後に何が残るかということです？

まだ私たちは生きていますので、ホロコーストがなかったなどと私たちに対して言うことはできません。しかし、私たちが死んだ後はどうなるのでしょうか？　したがって、何かを残してゆく、若い人々に何かを譲り渡してゆくというのが私の務めになってくるわけです。そして、とりわけ若い方々に言いたいのは、自分たちの運命に責任をもっていただきたいということです。このことは意外にわかっていません。ですから、生徒たちの意識を目覚めさせるために、ドイツだけではなくハンガリーでも学校へ赴いております。重要なことをすべて正確に知るために、彼らは学ぶべきなのです。無知では、いい加減なことを言われて丸め込まれてしまうかも知れないからです。結局のところ、私は生徒たちに良い人間になることを納得してもらいたかっただけです。

私は幸運に恵まれ、すでに青春期にドイツの古典を読んでいました。私は、『ファウスト』の二巻までも17歳にして読んだことをとても誇りに思っております。『ファウスト』の最後の文「永遠なる女性は私を引いて昇っていく」は、その後の私の人生に大きな影響を与えました。私は、女性であることにいつも幸福を感じており、確信をもったフェミニストでもあります。もし女性がもっ

と強く主張し、それにもっと耳を傾けるなら、この世はもっとより良い地になると信じて疑いません。◣

式典とその後のシャンペン・レセプションが終わってから、私たちは大使館の前を少し散策した。かつてのような大きな不幸をエーファと彼女の家族にもたらした国から、このような勲章を授与したことに対して、どんな感触を抱いているか、私たちは彼女に聞いてみたかった。

◤もちろんこの日は、私の人生の中でも思い出に残る日です。そして、大袈裟に言っているだけではなく、本当にそういうふうに感じているんです。物事には少なくとも二つの面があります。68年前の七月にアウシュヴィッツ・ビルケナウへ移送されたのもこの同じ私です。そして、今日ここに立ってこの素晴らしい勲章を受けとるのも同じ人物、そう私です。この体験を楽しみ味わわなくてはいけません。ちなみに、この日は思い出深く素晴らしい日だというのは、私ができる、そしてできた、またこれからも続けてやっていくわずかなことが認められ、またこれらのわずかなことが無駄ではなかったと思うからです。私がしてきたことが正しかった確証でもあります。それに、私が生きている間は、当時起こったことについて語り続けていくつもりですし、またこの活動に挑戦していきたいと思っています。私が語ることが、たとえひとつの文章だけだったとしても、誰かの記憶の中に留まって、世の中がほんの少しずつ良くなっていくんだという目的をもってです。◣

2013年2月

最後に出かけた一緒の旅

二月にアンドル・フランクルと共にエーファ・プスタイを撮影にヴュルツブルクへ招いた。一九四二年から強制収容所テレージエンシュタットで上演されていた子どもオペラ『ブルンジバール Brundibár』の再上演の機会に、ハンブルクからエスター・ベシャラーノ、エルサレムからグレタ・クリングスベルクがやって来た。最後まで私たちは、イェファダ・バコンも来ることを期待していた。最後の撮影シーンとして、記念に映画に出て来る4人の主役全員を対面させようと思っていたが、イェファダ・バコンは奥さんが入院しているため来る

ヴュルツブルクにて、エーファ・プスタイとアンドル・フランクルがエスター・ベシャラーノと初めて会ったところ

アンドルとエーファ、ヴュルツブルク市役所での式典レセプションにて

ことができなかった。

前々からエーファは、それまでテレビを通してしか知らなかったエスター・ベシャラーノと知り合うことを楽しみにしていた。

　出会ったとたんに、二人はあたかも旧友であったかのように抱き締め合った。早速、初めて共にする晩餐で二人は、人生談義や思い出話を如実に交換し合った。

　エーファは、アンドルの健康状態が徐々に衰えていることを電話ですでにほのめかしていた。以前私たちが会った時と比べると、いろいろなことがアンドルには苦痛になってきていたようだった。それにもかかわらず、彼はこの日、勇敢にエーファの傍らにいた。というのは、この日のプログラムはかなりぎっしりと組まれていたからだ――ヴュルツブルク市役所での栄典を含む式典レセプション、ドーム博物館でのイェファダ・バコンの絵画展覧会、その後の市内見学などでプログラムがいっぱい組まれていた。それからやっとハイライト、私たちの映画のフィナーレを結ぶ、子どもオペラ『ブルンジバール』の感動的な再上演だ。

「九月一五日にアンドルの埋葬をします。12時にお祈りください。エーファより」

彼女の晩年の恋人アンドルは、この旅行に同伴した半年後に息を引き取った。彼は、敬愛すべき人物で、昔風の教養高き紳士だった。最後の数年はエーファの傍らに忠実に付き添って、92歳で亡くなった。真のジェントルマンで、彼はどんなに疲れていても、エーファが立っている間は座るのをいつも拒否した。私が一度休憩するように席を譲った時も、頑として聞き入れず「エーファが立っている間は、私も立っています」と言い切ったものだ。アンドルは、愛するエーファのことを誇りに思っていて、彼女の行く講演旅行へはいつも同行していた。アンドルも、ハンガリー系ユダヤ人がオーストリアの強制収容所へ連れて行かれた残酷極まりない「死の行進」の生存者でもあり、自分にも語るべきことがあったにもかかわらず、いつもエーファが脚光を浴びていたことを忍耐強く受け入れていた。

彼を失った悲しみは大きく深い。

「旅行に出ている時は、まだ我慢しやすい」とエーファは電話で言っている。というわけで、彼女は今ひとりで講演旅行や朗読会へ出かけている。彼女は、まだやることがたくさんあり、時間に余裕がないことを知っているからだ。メッセージを今、次の世代にまだ伝えなければならない。多くの仲間を彼女はこれまで失っている。落ち着きかつ威厳に満ちてエーファは、自分の人生でおそらく最後の大きな喪失と対峙している。私が彼女の具合を聞くと、その答えとして以下のような返答を書き送ってきた。

「私たち生存者にとって、死とは日常茶飯事なことで、もうほとんど身近なものになってしまい、多すぎるほど見てきたので、幻想も感傷も残っていません。ただ私たちに残っているのは、胸に秘めた真摯な悲しみだけです」

どんなことをしても、本当だったらアンドルに別れを告げに葬儀にブダペストへ飛びたかったのだが、どうしてもこの週は無理だった。ちょうどこの日、ハンブルクで映画が上演されることになっており、エスター・ベシャラーノと私がその舞台の上へ上がることが予告されていたのだ。出席者一同が、映画館で一分間の黙禱をしてアンドルへの追悼の意を表した。それから、私は映像でエーファの頬にキスをしている彼の姿を見た。二人ともカメラに向かって幸せそうに微笑んでいる。アンドルがいなくなってしまい、寂しい気持ちだ！

自著『物事の魂*』にエーファ・プスタイは、ハンガリーの作家シャーンドル・マーライの言葉を序文として付けている――「私は最も高尚で偉大なもの、人の宿命というものを体験した。別のもっと良い体験ができるなど、考えられないのである」[7]

YEHUDA BACON イェファダ・バコン

3章　人間よ、お前はどこにいるんだ？

「憎み続けでいたら、ヒトラーは勝利を収めたことになり、私を感染させたことにもなります」

2011年9月 カステルにて

「地獄にいた者は、善人になる以外に選択肢がないことを知っている」と、かつてイェファダ・バコンは自身の処世訓を表現した。彼は非人間的な最も醜い部分に苦しみながら若い時代を過ごしてきた。だからこそ、自分の人生で、対話、異文化理解、そして和解のほうを意識して敢えて選んだのだ。イェファダは、自から進んで再びドイツの地を踏んだホロコースト生存者の最初のグループに入っていた。一九六〇年代初期に、当時イスラエル外務大臣だったゴルダ・メイアの特例許可証を携えてドイツ連邦共和国を訪ねている。何故ならば、一九六五年になってやっとドイツとイスラエルとの間に外交関係が結ばれたからである。ドイツとイスラエル、およびキリスト教徒とユダヤ教徒との間の和解と対話のために数年に渡って行ってきた活動によって、イェファダ・バコンにドイツ連邦共和国のリボンに付けられたドイツ連邦功労十字勲章が二〇一三年に授与された。

イェファダは、一九五八年にドイツでのプロテスタント教会会議において「平和奉仕贖罪活動」が発足した当初からのフランクな対話パートナーである。組織活動の目的として、次のような事項が記されてある。「犯人と後継者側から、第一歩の和解が歩み出されなければならないという確信をもって、贖罪活動創立者は、ドイツに暴行を被られた民族に対して、ドイツ側が自国の力と資金を用いて、被害者諸国においていくらかでも善行を施させていただき、容赦と平和を求め懇願した」(8

◥私の所へ許してくれるかどうかを聞きに、若い人間が大勢やって来ました」と、イェファダ・バコンは思い出していた。「もちろん、私はそんな時、いつも死んで行った人々のこと、とりわけ両親、二人の姉のことを考えていました。疑問を投げかけてみたんです。「彼らだったらこれに対して何と言うだろう?」ってね。でも最終的には自分しか答えられないんです。「もし誰かが許しを請いに来たら、私だったら何と言うだろう?」自分の答えは自分で出さなくてはいけません。私は、ひょっとすると人間同士がもっと理解し合えるようなことに貢献できるかも知れないと、自分自身に言っていました。◣

イェファダ・バコンと出会った人は皆、彼の人間愛と人生知に深く感動させられる。

◥ユダヤ教や聖書から言うと、そこには美しい神話があります。神からアダムへ向けた「人間よ、お前はどこにいるんだ?」という問いです。これは永遠の問いで、一人ひとりに向けられたものだと思います。基本的には、二つの答えが可能だと思われます。ひとつは、「ここにいるこの私が責任を引き受ける」ということで、もうひとつは、「知りません。私が弟の番人でしょうか?」という別の問いも導いている。この「人間よ、お前はどこにいるんだ?」という問いかけは、常に人生のあらゆる状況で私たちに向けられています。この問いは、常に存在しているんですが、ただ私たちだけがいつもそこにいるのでもないし、そういう時間も常にあるわけではありません。結局のところ、私たちがどう人生を生きていくかが、この問いに対しての答えになっているのです。◣

「ここにあるのは、アウシュヴィッツの高電圧の金網と我が人生の音楽だ」
とイェファダ・バコンは、このデッサンについて言っている。
原則的に彼は自分の作品にタイトルも日付も付けない

芸術家としてのイェファダ・バコンの存在は、今日、イスラエル、ヨーロッパ、南アフリカ、そしてアメリカなどの数多くの美術館に展示されている作品を通して見られる。バコンの特筆すべき作品は、プラハ国立美術館とヴュルツブルク司教区財団アートコレクションが所有している。マティアス・コーンは、イェファダ・バコンの芸術創作について記した論文に『生命への肯定的進行*』という表題を付けている、「一風変わった、踊るような、部分的に浮世離れしている画風が、イェファダ・バコンの芸術の重点を形成している。墨は描写手段で、筆とペンは道具だ。

手は、紙の線上に表される感情の地震計としての機能を果たしている。観察者は、互いに入り交じった世界の中に織り込まれた記憶と、様式化した像の中へ沈んでいくことを要求されている。正反対というか、まったくの矛盾が、具体化されている――現世と天国、束縛と解放、崩壊と立ち上がり、収容所の金網とダンス」(9

イェファダ・バコンは、一九二九年にメーリッシュ・オストラウ（チェコのオストラヴァ）で生まれ、二人の姉とユダヤ系の家庭で育った。学校では主にチェコ語が、家庭ではドイツ語が話されていた。「人生というのは、終わりまで橋のようなもので、一番大切なものは、怖がらないことだ」ということを祖父に幸せな幼年期に教えられた。祖父は、とりわけ家族の中でハシディズム信仰の世界を形成した。一八世紀半ば東ヨーロッパで生まれたユダヤ人民族固有の神秘的・宗教的な革新運動の気迫の中で、祖父は生きていた。ハシディズムの教えに従うと、神はすべての創造物の中に存在している。信者の特徴は、人生を肯定し、喜びを表していることだ。

1933年、バコン家——父親イジロア、ハンネ、
イェファダ、レラ、そして母親イーテル

◤ハシディズムの精神と伝統は、私は祖父を通していくらか聞いて知っていました。特に祖父の並外れた善意を思い出します。いくつかは異様に思えるものもありました……私たちが子どもの時、ベートーベンや他の作曲家の石膏像をもらいました。というのは、当時は皆ピアノを弾いていたからです。この石膏像がガラスケースに入れられる前に、祖父は小さなハンマーを手にし、像の鼻を壊してしまいました。理由は、この世の物が不完全だということを私たちに思い出させるためだったのです。◢

大事に育てられていたイェファダの幼年期は、突如終焉を迎えた。「まだはっきりと覚えています。一九三九年三月一四日にドイツ軍がオストラウに侵入して来たのを。それから、苦難の時期が続きました」
ヒトラーがボヘミアとモラビアをドイツ保護領にすると宣言したとたんに、ユダヤ人の生活範囲は制限されてしまった。イェファダの父親は、革生業を営む工場を所有していたが、それも没収された。子どもたちは、学校へ行くことも許されなくなり、次から次とそのようなことが続き、とうとう「ユダヤ人追放」へとつながっていった。イェファダの姉は、家族が移送されていく前に、パレスチナへ渡ることに成功した。

◤どんなことがユダヤ人の身に起こり得るかなどといった、たちの悪い噂話が流れていました。何人かは恐怖のあまり自殺をしました。実際に私たちを待ち受けているものがどんなことか、誰も想像できませんでした。移送前の緊張感は、不気味なものでした。両親は、私たち子どもを落ち着かせ、希望を抱かせようとしていました。「そんな悪いようにはならないから。みんな、我慢できるから」と言っていました。◢

エルサレムのイスラエル博物館には、移送前の瞬間がとらえられているデッサン、イェファダ・バコンが子どもの時に描いたデッサンが展示されている。

◤ひとりの子どもが見えますよね。テーブルの上には小さな植木鉢とコーヒーカップがあります。

その隣に50キロはある荷物が置かれています。これは、住居から立ち退く前に、私たちが持参することが許されていたすべてでした。まさにこのような状況を私たちは体験したのです。最後にテーブルを囲んで座りました。その後3年間、私は腰掛けにも、テーブルにもつくことはできませんでした。オストラウからテレージエンシュタットへの移送は二日かかりましたが、汽車はゲットーへは行きませんでした。私たちは、最後の道程を歩いて行かされました。汽車から降りると、隣のホームにはすでに別の汽車が、発車の準備を整えて止まっていました——鉄格子のしてある小さな窓がついた家畜運搬貨車。恐怖でおびえている人々が外を見ていました。これは東へ向かう最初の強制移送列車で、当時は、これが何を意味するのかまだわからずにいました。◣

二〇一一年の秋にヴュルツブルクの近郊カステルで初めてイェファダ・バコンに会った時、それ以前に私たちはすでに彼のプロフィールについて読んでいた。カステルの市役所では、彼の作品が展示された小さな催しが開催されていて、バコンは観衆と対話を試みていた。

83歳のイェファダは、とても温厚で恥ずかしがり屋のように見える。しかし、すぐに目につくのは、彼の活動的な風貌だ。口角の周囲には笑みが漂って、水色の目は冴えて、活気に溢れている。彼は、何度も冗談を会話の中へまき散らしている。笑いと同時に涙を誘い、自己皮肉で人間の不完全さをバカにしているあのユダヤジョークだ。自分の芸術について、イェファダは話の中で次のように語っている。

◤絵については子どものようなものだと思うんです。生まれたとたんに、もう私の私物ではなくなります。子どもを産んで成長するに当たり、できる限りの手助けは可能です。絵を描く時は時折、成功したり、あまり成功しなかったりします。私は、日々新しいことを試し、毎日新しいことから立ち上がり、「昨日はだめだった。本質的なものは何もできなかったが、ひょっとすると今日はできるかも知れない」と、自分に言えることこそまさに恵みだと感じています。このことは、私にとって絵を描くことだけではなく、生活のあらゆる場面においても言えることです。人間であることが大切なのであって、これは大変なことなんです。時々言われるんですけど、「イェファダ、君はいい先生だよ」って。でもこれは大したことではないと思うんです。たかだか一日のうち二時間か四時間、良い人間でいるのは。でも誰が二四時間ずっとそうしていられますか？　私たちは天使じゃありませんからね。ただ今日は妻や家族に対してきちんとしていられるかも知れません。

イェファダは、悪戯っぽい目で、ドイツへ随行してきた妻のレアと二人の成人した息子へ目を向けている。

二〇一一年に私たちがイェファダ・バコンにカステルで出会った時、ここは彼の個人旅行で最後の訪問地だった。彼は、家族と共に自分の人生に影響を与えたオストラウ、テレージエンシュタット、アウシュヴィッツの地を訪れていた。

「神はあの時どこにいたのか？」という疑問、イェファダ・バコンはそう語っているこの疑問は、旅をしている間、ずっと頭の中から消えなかった。

この人を見よ
「本当の人間になることが、私には大切なことなんです」

◤ハシディズムの伝統では、人間というものは、常に神との対話の中にいると信じられているんです。私が言わんとすることを明確にするのに、私個人にとってとても大切なノーベル文学賞受賞者のヘブライ文学作家シュムエル・アグノンの話が役に立つかも知れません。寒い日にひとりの男が、町で知られている盲目の乞食を遠くから見ています。今、この男は自分自身と闘っています。乞食の所へ行って小銭《コイン》をやるべきかどうか？　この男の心の葛藤をアグノンは本の中で描写しています。ここでも「人間よ、お前はどこにいるんだ？」という問いがテーマになっています。アグノンの本の中で、自分自身と心の中で格闘しているこの男は、乞食の前を通り過ぎて行き、乞食は見えない目でこの男を見つめているんです。盲目の乞食、このパラドックスの中で、この男は、自分に対して答えと決意を求める神の叫びを認識しています。私たちならば、どんな答えを出すでしょうか？　誰もが、人生のいかなる時にも、この問いと対峙しています。「お前はどこにいるんだ？　お前は何をしているんだ？」結局は、数え切れないほど誤解されている愛というこの言葉が問題になってきます。しかし、私たちは皆、いつでも愛を受け入れ、与えることができるということを経験しています。私たちは、信仰をもっていれば、神が存在して他人の中に現れていると、言うことができます。しかし、この考えは違った表現でも表し伝達することもできるんです。それぞれ、その人なりに。◣

カステルの市役所での小さな展覧会において、イェファダ・バコンを囲んで集まって来た来場者の中で、次のような質問をしてきた者がいた。

「バコンさんは、絵を描いている時、人間と対話をしようと試みているわけですか？」

◤私は、絵を描いている時は、何もしようと思っていません」とイェファダ・バコンは答えている。「私が本当に絵を描く時は、それは祈りで、その場合、心から神に捧げた言葉を向けるために、生涯をかけて準備している瞬間のようなものです。これは簡単なことではありません。いつも成功するとは限らないからです。私は、常に最初からはじめようと試みています。何と言ったらいいのでしょうか。手を差し伸べると、何かが手を通して通り抜けるんです。これは、もうここで絵を描いている私自身ではないのです。私はただの媒介者です。私は、人間というものは入れ物だと思っています。これは木と比較できます。芸術家は、可能な限り深く根の方へ下がって行き、非常に深い所へ辿り着くと、そこですべてのものと共通のものを感じるのです。芸術家は、自分もただの木の幹のようなものだと認識し、幹の中で集めたものをさらに先へ渡してゆきます。彼は、上の王冠、創作した花や果実に関与しているだけなのです。これらは彼だけが創作したものではありませんが、芸術家は最善を尽くさなければなりません。「決して私を通してではなく、また私なしでもない」と、マルティン・ブーバーは簡潔にして含蓄に富んだ表現で表しました。人間は誰しも、それぞれ根と幹をもっていて、実を結びます。木を通して果実が成りますが、木だけでは実がなりません。芸術家は、何かを得てさらにそれを次へ渡してゆきます。もし彼が自分の所にもっていたら、頑なになって、動きがなく流れのない者になってしまうでしょう。そんなふうになったら、彼は芸術家としても人間的にも成長しないでしょう。私たちは若く勉強しているうちは、すべてを摘んでもよいのですが、それを自分の物にしたりしてしまったら、やがて腐敗していき、良い果実を結べません。独創性に富んだ活動をしている者は、常に新しいものを得ます。こういう人は、鎖の輪のような人です。言い換えれば、人間の輪です。私たちは昨日と明日の間を結び合わせているものです。私たちは独創的でいられます。私たちがそうしていられること、このことを意識していることは、私にとって人間でいることの恩恵なのです。この幹をもっていて、そこからすべてを取り出し、それに手を加え、次に渡していきます。果実をどうするかという問題は、私たちにはもう関係ありません。ここでまたブーバーの素晴らしい言葉を引用させてもらいます。「種をまくのは私たちだが、摘みとるのは神だ」◣

2011年9月
ヴュルツブルクにて

青少年との出会い

カステルで最初にイェファダ・バコンと会ってから、彼がヴュルツブルクの生徒たちに会いに行く時も私たちは同伴した。生徒たちは、興味津々で待ち構えており、ホロコーストの生存者との出会いの準備をよく整えていた。

「テレージエンシュタットのゲットーでは、どんな体験をなさったのですか？」と、イェファダ・バコンはひとりの女子生徒に質問された。

▼最初はショックでしたね。テレージエンシュタットは、元々は軍営だったということを知っていないとわからないと思いますが。私たちは大きな中庭へ連れて来られ、そこはもう人でいっぱいでした。数百人、ひょっとすると数千人はいたかも知れません。その中には、乞食みたいに見えた多くの老人がいました。その中の何人かは、新来者の私たちの所へ近づいて来て、食べ物を分けてくれるよう物乞いにやって来ました。その声は未だに耳に残っています。どうして彼らが物乞いをするのか、私にはわかりませんでした。

私たちの所へ近づいて来た人々の中には、気持ちがよくとても顔立ちの良い人もいましたが、や

イェファダ・バコンは、自分のスケッチブックを用いて、
芸術に対しての理解を生徒たちに説明している

せ衰え、落ちぶれていました。そして、私たちは人でいっぱいになった部屋で彼らと共に暮らしていかなければならなくなったのです。至る所、埃だらけでした。昼になると、列に並んで、スープのようなものをもらいました。再び何人かの老人がこちらへ近づいて来て、私たち子どもに何匙かのスープを乞いに来ました。私は理解できませんでした。こんな水っぽいスープを物乞いに来るなんて？　私たちはやって来たばかりで、まだ飢えてはいなかったので、彼らに少し分けてあげました。段々と私は他人とその眼差しに慣れていきました。多くの人々はドイツからやって来ました。彼らと話をして教えてもらったのは……ドイツ人公務員は、彼らがお金を出せば、素晴らしくきれいなゲットーへ入れてあげると約束したそうです。またもっとお金を出せば、海が見えるゲットーへ入れてあげるとも言ったそうです。もちろん、テレージエンシュタットには海などありませんでした。そして彼らは人でいっぱいの部屋に押し込まれ、食べ物はほんの少ししかもらえず、その結果、徐々に飢え死にしていきました。テレージエンシュタットは、特別な強制収容所でした。多くのユダヤ人芸術家と他の著名な人々が収容されていました。快適でもきれいでもありませんでしたが、ワルシャワとかリッツマンシュタットとかのおぞましい状況のゲットーに比べると、ほとんど天国に近かったです。テレージエンシュタットは、宣伝活動のための模範ゲットーとしての役割を果たしていました。一度、本当に赤十字委員会が検査に来ました。このため、見せかけのような行為がなされ、すべてがきれいで清潔に見えなければならなかったんです。収容人数をどうにか減らすために、老人、病人の多くは、さしあたり移送されました。ごまかしは成功しました。赤十字には、すべてが順調だという印象を与えたようです。◣

若いイェファダ・バコンにとって、テレージエンシュタットは不安と恐怖だけではなく、異様な出来事を体験した場所でもあった。

◤当時、13、14歳の年頃の者にとっては、新しい生活状況のどれをとっても興味深く感じられたんです。大人は、おそらくそれまで送ってきた生活、永久に失われた生活のことを考えていたんじゃないでしょうか。私たち子どもは、強制収容所で存在感を発揮し、あるがままのものを受け入れていました。私は田舎で育ったので、突如まったく違う世界へ来てしまいました。もちろん、多くの悲しく恐ろしいシーンも体験しましたが、同時に新しい光景、出来事のすべてに圧倒されたのも事実です。もしかしたら、当時の私の中に、素地として持ち合わせていた芸術家の可能性が現れていたのかも知れません。私はすべてのものを何かの素材として見ていました。私は、ゲットーに到着してまもなく、両親から引き離され、子どもブロックL417へ他の子どもたちと移されました。当時ここは、学校でした。その前の学校の教室には、三段ベッドが置いてありました。テレージエンシュタットには、全員の食糧は常に不足していました。親衛隊将校とのやりとりをしていたゲットーのユダヤ人理事会は、食糧分配の仕方を決めなければなりませんでした。将来を担うのは子どもだと言うことで、私たちは食糧の点で多少の融通を計ってもらいました。とはいうものの収容所でのすべての子どもたちが、そういう待遇に恵まれていたわけではありませんでした。また、他の者、とりわけ多数の年配の人々は、子どもたちに食糧をとられてしまうことにより、そのため飢えて死ん

でいった人もいます。◣

テレージエンシュタットのユダヤ人収容所主任は、強制収容所で子どもたちが精神状態を維持できるよう懸命に努力した。

◤収容所における私たちの担当者には大変お世話になりました。彼らは非常に積極的に活動してくれました。たとえば、まだ覚えているのがフレディ・ヒルシュで、彼は清潔さと身体能力を維持していくことを厳しく指導してくれました。これは、後に私たちを待ち受けていた極限状態を生き延びるための助けとなりました。

密かに私たち子どもは授業を受けていました。新ドイツ帝国法は、ユダヤ人児童が学校へ通うことを禁止

「これは、現代的デッサンスタイルで、私の思い出および暗示からきた要素です。テレージエンシュタットにいた者は誰しも、この門がすぐに認識できます。そして、ここに見えるのは、アウシュヴィッツの暖炉です」

しており、言うまでもなくテレージエンシュタットでもこれは有効でした。したがって、授業の時は常に誰かが門の前に立っていて、親衛隊員がこちらへ近づいて来るかどうか、見張っていなくてはなりませんでした。もしこちらへ近づいて来た場合は合図を出し、何をすべきで何を言うべきか、私たちには明確な指示が与えられていました。何故かと言うと、時々私たち子どもは別々に呼ばれて根ほり葉ほり質問されたからでした。私たちの先生の中には、偉大な人物がいました。アルベルト・アインシュタインの助手が物理を、ブルノ社会学派の代表者であったブルノ・ツヴィッカーがラテン語を教えてくださいました。ツヴィッカー先生から私は、次のラテン語の文を教えていただきました――〝Dum spiro spero 私は呼吸している限り、希望を抱いている〟。◣

テレージエンシュタットのゲットーで、若いイェファダ・バコンは、最初のデッサンの授業も受けていた。

◥ユダヤ人収容所主任は、私たち子どもをどうにかして何かに従事させようと、たとえば絵のコンテストなどを行っていました。私が周辺を描いたいくつかのデッサンを差し出すと、それは反響を呼んだのでした。その結果、私はテレージエンシュタットのとても著名な画家たちと知り合いになり、この人々からいわゆる個人授業のようなことをしてもらったのです。当時としてはほとんど手に入らなかった鉛筆と紙をいただき、描いたデッサンを彼らの所へ見せに行きました。そして非常に多くのことを教えてもらいました。カール・フライッシュマンはこの中のひとりで、彼は、本来医者で、テレージエンシュタットの厚生労働大臣のような人で、全体として偉大な知識人で、詩人かつデザイナーでもありました。オランダ人の画家ジョー・スピアーもこの中のひとりで、私の面倒を見てくれました。テレージエンシュタットを描いた多くの有名な彼のデッサンは、今日も失われず残っています。◣

この表向きの快適さにもかかわらず、テレージエンシュタットにおける子どもたちの生活は絶えざる恐怖の影に覆われていた。

◤突然、東へ向かう移送があり、私たちの施設とか部屋は半分が空っぽになってしまいました。何度あっても、これは虚しい体験でした。去って行った者の中には友だちもいて、彼らとは心情的に結ばれていたのでなおさらでした。その後、彼らの消息をまったく聞けなくなってしまったことも悲惨でした。彼らはただ消えていったのです。◣

東への移送

一九四三年一二月、イェファダ・バコン、両親、二人の姉は、アウシュヴィッツへ移送されていく人々の中にいた。

◤私たちは、約80人の人々と共に家畜用運搬貨車で連れて行かれました。横になることができず、ぎゅうぎゅう詰めで立っているのもやっとなくらいでした。バケツに一杯の水とパンが多少ありました。それから、貨車が閉められました。運行は三日かかりました。かじかむような寒さで、子どもたちの叫び声、病人、死んでゆく老人の呻き声が絶えず聞こえてきました。衛生への配慮などはなく、ただもう言語に尽きる状態でした。そうこうしているうちに、突如、列車が止まり、サーチライトが見え、鉄格子の小さな窓越しに軍服を着た兵士が見えました。皆、手に棒をもっていました。これは兵士の野戦病院に違いないと思ったんです。この連想は、メーリッシュ・オストラウで一度、散歩用ステッキをすべて負傷兵士のために譲り渡さなければならなかったことに由来します。貨車から降りたばかりの時は、この棒切れは何のためなのかと思いました。これは散歩用ステッキではなく、人を殴る警棒だったのです。◢

アウシュヴィッツのいかがわしい荷役用プラットホームに、バコン家の人々は、到着したばかりの人々と一緒に列をなして並んだ。バコン家が到着する前と後では、10万人もが移送され続けた。そして、何かが少し違っていた。

◤私たちは例外中の例外でした。というのは、選別されることなしにいわゆる「チェコの家族収容所」へと回されました。収容された人間の中にはドイツおよびオランダから来たユダヤ人もいたので、この名称は本当は正しくありません。しかし、移送はチェコ、テレージエンシュタットからのものでした。渡されたカードには「六ヵ月ＳＢ」と書き留められてありました。これは何を意味するのか、後に私たちは知りました。「ＳＢ」とは「特別待遇」のことで、アウシュヴィッツではこれは、ガス室送りの暗号用略号でした。「六ヵ月ＳＢ」とは、六ヵ月後にガス室へ送るという意味で、つまり、私たちは六ヵ月の間、生きていることを許されたというわけです。その後はガス室へ送られるのを待っていました。私たちの前にテレージエンシュタットからアウシュヴィッツの家族収容所へ来た人々は、六ヵ月が過ぎるとすぐに抹殺されたのを見て、自分たちの運命を知ったわけです。それまで私たちは、家族と、約二五〇〇の人々と共に収容所で暮らしました――赤ちゃん、老人、母親、父親、子どもなどです。食事事情も少し良くなりました。これはアウシュヴィッツでは、まるで夢のような印象を与えました。老人と子どもは、ここ以外には見られませんでした。どうして、私たちはあと六ヵ月間、生きていなければいけないのでしょうか？　はっきりとは誰もわかりませんでしたが、テレージエンシュタットで以前行われたように、アウシュヴィッツでも国際赤十字の検査が入るようだったのです。私たちは、おそらく赤十字を欺すために選ばれたグループで、この芝居の役をさせられ、アウシュヴィッツでさえも、老人と子どもが殺害されずに生きているんだという光景を見せつけなければならなかったのです。この地で殺されていった数千人の中で、私たちはほんのわずかな例外でした。ところで、来ると思っていた赤十字は、結局やって来ませんでした。テレージエンシュタットでのはったりが効果を示したのか、その結果、さらなる検査には至りませんでした。

官僚主義的綿密さで、家族収容所はきっちりと六ヵ月後に解体された。

◤私は、何故生き延びることができたか、今日でもはっきりとはわかりません。多分、大きな政治と関係があるのかも知れません。予想としては、ドイツが戦争に勝てそうもない状況が浮かび上がってきた一九四四年の夏に、ヒムラーが米国と平和交渉を結ぶかどうかを検討していたことが要因だろうと思われます。もしかしたら、私たちユダヤ人の子どもは、交渉のための人質だったのかも知れません。もうひとつの可能性としては――ドイツの軍事産業は、この当時、労働力不足に悩んでいて、私たちに工場の作業訓練をさせようとしていたのではないでしょうか。いずれにしても、誰もはっきりしたことはわかりませんが。◢

家族収容所が解体され、殺害される前に二つの選別があった。ひとつは、親衛隊が作業別に男女を選び、この中にイェファダの母親と姉のハンネが入っていた。もうひとつのグループは、12歳〜16歳までの89人の少年だった。

◤ガス室送りになる最後のところで、この選別がなされました。私たちには、再度、生き続ける希望が与えられたわけです。私はこの瞬間が忘れられません。父は当時52歳で、アウシュヴィッツでの尺度からすると、すでに年をとり過ぎていました。父と私は、父の身に何が起こるかはっきりと

「私は父の死んだ日、追想にスケッチをしました」
この絵は、今日ホロコースト記念館ヤド・ヴァシェムに掛けられている

わかっていたんです。私は、父の目をじっと見つめ言いました。「お父さん、僕は賢い子どもだから、生き延びてみせるよ。パレスチナで再会しようね」それから、私たち子どもは、追い払われました。一九四四年七月一〇日～一一日にかけての夜に、父は毒ガスで殺害されました。この瞬時を正確に覚えています。◤

後にいわゆる「ビルケナウ・ボーイズ」と呼ばれるイェファダ・バコンと他の子どもたちは、生き続けることが許された。作業を通して、子どもたちはアウシュヴィッツ・ビルケナウの収容所生活を垣間見た。

◤私たちの作業グループ名は〝Rollwagen ロルヴァーゲン〟でした。これは、20人の子どもが一緒になって、普通だったら馬がすることですが、荷車一台を引っ張るという意味です。いろいろな物を他の部署から別の部署へ運んで行きました。アウシュヴィッツ・ビルケナウは、広大な土地を包囲しており、私たちは至る所へ出入りしていました。時々、火葬場のストーブに用いる角材とか、新しいバラックの建築材料とかを運んだりしました。新たに人が到着すると、持参してきた物はそれぞれ選別され、それを荷役ホームに受けとりに行ったりもしました。時折、パンの配給もしたりで、いろんなことをしました。通常は誰も入れない女子収容所でさえも行きました。その時です。私がありそうもないことに出会ったのは。そこで16歳と17歳の二人の娘と一緒の叔母に出会ったのでした。彼女たちは、最近ベルリンから移送されて来たということです。私は、何とか力になれないものか考え込みました。私たち子どもは、いろいろな作業単位を「コマンド」と呼んでいた所によく接触していました。たとえば「カナダ」は、収容所で最良のコマンドのひとつで、ここには殺害された人々のトランクに入っていた物が、選別されてありました。ゲットーから来た人々は、何ひとつもっていませんでした。その一方で、ベルリンやパリから移送されて来た人々は、いっぱいに詰めたトランクをもって来ました。ハンガリー人からの物には、時折サラミが見つかることもありました。アウシュヴィッツでソーセージやサンドイッチなどをもって来ることなどは、滅多にできることではありません。私は、何とか叔母と従姉妹の力になることができました。「カナダ」からの雑誌に付いていた口紅を調達したのです。それは、彼女たちが少しでも見栄えがよかったら、その次の選別で労働収容所へ選ばれてアウシュヴィッツから出られるチャンスがより高くなるだろうと思ったからです。そして実際にそうなって、三人とも救われたわけです。◣

イェファダ・バコンは、一年以上アウシュヴィッツ・ビルケナウで過ごし、この時期に絶滅収容所でありとあらゆる絶句するようなシーンと対峙していった。

◥私は、ほぼ毎日のように数千人が消えていくのを目の当たりにしてきました。ガス室へ、そして30分後には亡骸になっています。冬には、これらの亡骸を道路にまき散らすのが、私たちがする仕事のひとつでした。

私たち子どもは、アウシュヴィッツ・ビルケナウのいわゆる分離されたブロックに収容されてい

14歳のイェファダ・バコンは、アウシュヴィッツにおける生活と死を
密かに詳細なスケッチの中へ描いた。これは、保存されてある親衛隊の図面と正確
に一致していたため、1961年にエルサレムで行われた、ホロコーストを指揮した
アドルフ・アイヒマンに対する訴訟の際に、認知された

て、髪も伸ばしたままでした。これは、収容所の全員に、私たちが特別な拘留者であるということを表していました。というのは、アウシュヴィッツで髪を伸ばすのは、第三帝国ドイツ人もしくはブロック最年長者の何人かのみに許されていたからです。私たちの隣にある二つのバラックには、いわゆる特殊コマンドの拘留者が収容されていました。彼らはガス室と火葬場での重労働を課せられていて、その他は、私たちのブロックに別のバラック、悪名高き犯罪コマンドが収容されていました。ここへは、理由はとも

かく、特別な処罰、たとえば25回あるいは50回の杖打ちや鞭打ちの処罰を待ち受けていた囚人が連れて来られました。彼らは、おそらく何かの命令をきちんと実行しなかったり、脱走しようと試みたりしたのでしょう。絞首台もここにはありました。私たちはすべてを見ていたのです。◣

イェファダは、収容所から生き延びることができたなら、自己の体験を伝えることを、自分自身に約束した。

◤私はすべて詳しく知りたかったのです。とりわけ、ここから出て行った者は普通は戻って来ることはない、この地で何が起こったのか知りたかったのです。特殊コマンドの人と話すことや彼らと接触することは、私たち子どもには禁じられていましたが、そんなことは守ってはいませんでした。もし見つかった場合は、ただひとつの処罰があるのみでした——見つかった時は、特殊コマンドに留まって、一緒に働かなければいけません。これは死刑に等しいものです。私たち子どもにとって、この誘惑は大きすぎました。私たちは、ガス室で、火葬場で何が起こっているのか知りたかったのです。どうやって彼らが人間を殺しているのか？　徐々にすべてが、詳細に明らかになっていきました。凍り付くような厳しいある日に、特殊コマンドの監督囚人が私たちに言いました。「お前たちは自分たちの仕事を片付けたから、よかったら、下へ降りて来て身体を温めるか。誰もいないよ！」何人かはびくびくしていましたが、私は降りていきました。ガス室へ入ることができました。その中は空っぽでした。誰もいませんでした。特殊コマンドの友だち以外には。私がたくさんの質問をしたので、「なんでそんなにお前、みんな知りたがるんだ?」と男のひとりが聞きました。「もし僕が外へ出たら、話せるように」と私は答えました。すると、監督囚人は「ここからは誰一人として出られないよ」と言ったんです。それに対して私は「そんなこと君にわかるのかい? ある日、僕は自由になっているかも知れない。そうしたら、君のことも話すつもりだ」と言い返すと、彼らは私たちにすべてを話しました——エレベーターがどういうふうに作動するか、死体を載せて、下から上まで。身体障害者と老人をおろす滑り台は何のためにあるのか。私は、ガス室にちゃんとしたシャワーヘッドがないことに気づきました。シャワーヘッドは、本物のように見えましたが、ただ打ち込んであるだけでした。男たちは、大体は自分の運命について何も知らない死を間近に迎えた人々にどんなことを言わなければならないかも、私たちに語ったのでした。私は、どこに毒薬サイクロンBが投入されるかを知り、そして、髪の毛の山と金歯の入った箱が窯の近くにあるのが見えました。◣

イェファダ・バコンは、部外者にはほとんどバカげたように映る瞬時も、アウシュヴィッツ・ビルケナウで体験した。

◤大ドイツ帝国のすべての法律に反して、私たちユダヤの子どもたちは、一日に一定の時間割で正式な授業のようなものも、アウシュヴィッツでは受けていました。その時、たとえば「私たちに平和を与え給え」を輪唱し、他の歌も覚えさせられました。親衛隊監視人も来て、聴いていました。

私が今日これについて話したら、ほとんど信じられないことなんですが、それはある日、親衛隊の人々が、私たちの所へ卓球台をもって来て、私たち子どもと収容所で卓球をしたことです。

とは言っても、普段は私たち子どもは、アウシュヴィッツで捕らえられた動物のような生活をしていましたから、軽率な動き、不注意な歩行はすべて、運命を左右する生死の選択につながりかねません。たとえば、収容所から何かを盗もうとして、誤った動き、それがたとえ些細な動きでも、死刑宣告を意味しました。ですからいつも注意をして、油断していられませんでした。今日、私が誰かをいかがわしい目で見ても、私には何も起こりませんが、当時は死を意味しました。したがって、何を言うか、どう振る舞うか、常に注意を払っていなければなりませんでした。私たちの生存本能のすべてが極限まで敏感になっていたんです。それにもかかわらず、というと奇妙に聞こえるかも知れませんが、私たち子どもは、極めて人間的であり続けました。子どもたちの中には、何をして良いか悪いかの道徳規範があり、ドイツ人からは物を盗んでも構いませんでした。これを私たちは「オルガナイズ」と呼んでいました。しかし、囚人のパンを奪うような真似はしませんでした。まだよく覚えていますが、一度、私たちのグループの者が、婦人から一切れのパンを盗んだことがあります。私たちは二日間、彼とは口をききませんでした。彼のやったことは、アウシュヴィッツの状況下ではおぞましい犯罪だったのです。たいていの人々は、テレージエンシュタットでの知り合いでした。私たちは友だちで、助け合わなければいけないことを本能的に知っていました。はっきりしていたことは、互いに助け合わなければ、生き延びられないということでした。

ヴァンゼー議定書を今日読み返すと、人を物理的に破壊する前に、精神的に撲滅するのがナチの声明の目的だったことがわかります。男女は別々に分けられましたが、それは、人間はひとりでいると、普通以上に速いテンポで衰弱と絶滅に身をゆだねてしまうからです。ある人には、悪意もより単純に現れてきます――一番残酷に殴れた者は、しばしば監督囚人になりました。このことは、すべてに当てはまっていたことではありません。この腕章を付けた者は、誰でも残酷な人間だったということではありません。彼らの中にも隠れた聖人もいました。私は実際にこの目で見ました。親衛隊員の前では、大声で怒鳴り散らしていた監督囚人でも、こっそり隠れて人を助けていました。アウシュヴィッツの救いようのないところは、ほとんど全員が一人ぼっちだったということです。自分以外に頼れる人間は誰もいませんでした。誰がアウシュヴィッツで自分のパンを他人と分け合うというのでしょうか？　パンは、掛け替えのない生命の一欠片《ひとかけら》だったんです。子どもたちの間では、違っていました。女子のバラックでも、違っていたかも知れません。◣

アウシュヴィッツのこうした状況でも、どうやったら人間でいられたのだろうか？

◤人間としてこの時期を乗り越えるために、人間の心を保ち、なお人間関係を持ち続けようと、何とか試みなくてはなりませんでした。これは簡単なことではありません。人間性が子どもたちの間で、どうやって現れたのかというと、ひとつの例が浮かんできます。ある時、子どもたちが、リッツマンシュタットのゲットーから移送されて来ました。子どもたちは、目も当てられないほど荒んだ状態でした。私たちは、すでにアウシュヴィッツで一年を過ごしていました。誰も口には出さなかったのですが、突然のこと、この子どもたちのためにスープを集めました。ボールに一杯のスープを子どもたちに手渡したのです。それも、収容所を分離している高圧ワイヤーロープを通してです。これは命がけの仕事で、金属製の食器がちょっと触れただけであの世行きです。この私たちの衝動は、どこから湧いてきたのか？　他人への同情だったのでしょうか？　私が生徒の時に一度、天来の霊感が私たちすべての人間にあるのだという神話について聞きました。プラハ出身の教師がいて、生徒たちにとても好かれていました。彼は移送されて行く時、別れに言い残していきました。「すべての人間の中に、きらめきのようなものがあるのを忘れないでおくれ」。これは私に大きな感動を与えました。この教師が何を言いたいのか、私には本当のことが理解できませんでした。しかし、このような非人間的な時代でさえも、私たちの中に人間的なものが残っているのだということに何か関係があるのだと、私は思ったのでした。各人すべての中にこのようなものがあり、これが、本来私たちの存在を形成しているものなのです。最凶の親衛隊員でさえも、このきらめきは輝いていました。これは私が自分で体験したことですが、ある日、極めて残酷で有名だった女性の親衛隊員が、私の方を見ていました。当時、私たちは女子収容所に関わっていて、その時彼女が、自分の所へ来るように私を呼んだ時には、膝が激しく震えだしました。この女、何をしようとしてるんだろう？　と。彼女は、「部屋へ入れ！」と言い、私は恐ろしくてたまりませんでした。しかし、そこには麺が入ってる鍋が置いてあり、それから、彼女は「食べろ！」とだけ言ったのです。アウシュヴィッツで、甘い麺入り鍋とは！　これにはどんな意味があるのでしょうか。食べ終わると、彼女は「出て行け！」と言いました。この人間的なきらめきは、どこから来たのでしょうか？　こうい

「悪はどこから来るのかという問いに、私は長年悩んでいました」

うことは、すべての人に突然起こり得るものです。私は実際に見てきました。いつ、どのようにして、そんなことはわからないのです。

悪とは、親衛隊やドイツ人のところだけには現れません。

昔は「使い走り」と呼ばれていた何の力もなかった人間が、突然ひとつのブロックで数千人に対して絶対的な権力を手にしてしまうことが起こり得ました。この人物が、他人の生死を決めたのです。彼が残酷な人間だったなら、一日の唯一の糧、水っぽいスープを泥の中に流し込むことだってできました。誰一人として、低い声で抗議する勇気はありませんでした。私はある事件を目撃しました。それは、親衛隊員ではなく拘留者でした。この青年は、自分自身の手を折るくらいに強く相手を殴りつけました。私は、権力が人を有頂天にできることを目の当たりにしました。

どんな人でも良くも悪くもなれることを体験したのです。私たちの中にはそういう可能性がすべて潜んでいるのです。最悪の犯罪人の中にも、時折この天来の霊感が輝いていました。彼らでさえも、極めて人間的であった瞬間があったのです。絶対的な悪人は存在しません。人間には、常に善行をしようと決意する自由が与えられています。皆それぞれ違った力、能力があります。これをどう活かすかは私たち次第です。この自由が私たちを人間にしているのです。とは言っても、自分のことばかり考えてしまい、そして自分たちの力を悪いものに適用しようとする誘惑がいつでもあります。器用で長い指をもっていたら、素晴らしいピアニストになれるかも知れないし、あるいは人から痛みをとりのぞき、寿命を延ばす外科医になれるかも知れません。あるいはまた、才能豊かな泥棒になるかも知れません。こういう自由な選択肢があるわけです。

後にエルサレムで私は、マルティン・ブーバーの見事なハシディズム風の物語を聞きました――ひとりのラビは、ある村を訪ね住民に歓迎されて、権力と同様に悪意に満ちた高官のひとりに紹介されました。ラビは、彼の上着の裾に触れて言いました。「私はあなたが羨ましい。あなたが神の元へ帰るなら、あなたのもっているどんな汚れでも、それは光になります。そして、あなたは完全な光になるでしょう。私はあなたの大きな輝きが羨ましい」この人は自分の優れた能力、大きな力を良い方へ向ければ、偉大な人物になれただろうというふうに私は解釈しています。力、能力自体は無色のもので、私たちがこれをいかに使うか、どこへ向けていくかが重要なことなんです。これは、私にとって深い教訓となりました。私たちが持ち前の可能性をどうするかは、私たち自身にかかっているのです。そして再び私たちは「人間よ、お前はどこにいるんだ？」という問いに対峙しています。

アウシュヴィッツでは、私は人間の最も醜い悪意を体験しました。考えられるすべてのものを見てきました。しかしながら、良いことも体験しました。つまり極端な場合にです。人間は死ぬ前にどう振る舞うのか？　この問いに私は興味を抱いていました。すべてが散ってしまった時、人はどう振る舞うのか？　三分しか生きられないとしても、その間に悪事を働くこともできます。三分間生きるために、何人かの人はそうしました。その一方で、この三分を他人に与えた人々もいました。アウシュヴィッツで私自身も、言葉では表現できない様々な体験をしました。それは胸騒ぎのような予感みたいなものでした。身体は破壊できます。そんなことは日常茶飯事、何千回と見てきましたから。何となくはっきりとわかっていたことは、私の身体の中には破壊できないものもあるということでした。正確には言い表せませんが、生き延びる力を私に与えてくれました。これを破壊することはできないということもわかっていました。何故ならば、これは創造されたのではないのですから。常にあったもので、これからもいつもあるものです。これは別次元のものなのです。◣

日常生活への復帰

一九四五年一月二七日、赤軍はアウシュヴィッツ・ビルケナウ強制収容所を解放した。鉄条網の裏には、七千人そこそこの人間がいた。そのほとんどの人々は、病気で歩行するにはあまりにも弱り過ぎていた。六万人の拘留者の中には、悪名高き「死の行進」に追い立てられた15歳の少年イェファダ・バコンも混じっていた。

◥アウシュヴィッツを後にした日をまだはっきりと覚えています。ロシア人が迫って来て、ドイツ人は収容所を撤廃させました。アウシュヴィッツから出られることが何だか奇跡のように思えたのですが、何が間近に迫っているのか、私たちには知るよしもありませんでした。酷寒の冬に日夜、行進させられ、そのうち駅まで辿り着きました。そして貨車に乗って行ったものの、爆撃に遇って機関車にも当たってしまいました。それから、また私たちは行進させられました。付いて来られなくて、その場に留まってしまう者は撃ち殺され、多くの死者が出ました。私はやっとの思いで辿り着き、最後は友だちの援助で何とか助かりました。一方の者が他の者を引きずって、そのうちにやっとオーストリアのマウトハウゼン強制収容所に着きました。当時、私は自ら言って聞かせました。「父はガス室で死んでよかった。こんな行進にはとても耐えきれないだろうから」二ヵ月後に再び行進させられ、今度は森の真ん中にある収容所グンスキルヒェンへ向かいました。水も、食糧もほとんど何もありませんでした。◣

骨と皮だけに痩せこけて34キロしかなく、チフスで倒れていたイェファダ・バコンは、一九四五年五月五日にグンスキルヒェンから解放された。

◤衛兵は夜中、収容所から去って行きました。私たち拘留者は、事態に気づいて貯蔵庫へ飛び込みました。私は、大きなマーガリンの固まりを手に入れたのですが、誰かにまた奪いとられてしまいました。これは私にとって不幸中の幸いでした。というのは、親衛隊の手先は一目散に逃げ去る前に、貯蔵品の中へ毒を入れていたからです。私たちは、多量の食糧が摂取できないほど衰弱しきっていました。収容所からほとんど全員が、やっとの思いで近くの村へ移動しました。村人は食糧を与えたものの、彼らの身体がそれを消化できず、その多くはそのために死んでいきました。◣

89人の元「ビルケナウ・ボーイズ」の中で、解放を体験したのは、ほんのごくわずかな人数だけだった。後にラビとなるヴォルフガング・アドラーと共に、イェファダは出発した。

◤私たちは、スイスへ行こうという気違いじみたアイディアをもっていました。そこに国際赤十字があるのを知っていたので、そこまで行けば助けてくれると思ったからです。しかし、どのくらい遠いか、想像もできませんでした。偶然、アメリカ兵に遭遇し、彼らからビスケットとチーズをいくらかもらいましたが、私は喉に通すことができず、何も身体の中に維持できませんでした。アメリカ兵には命令が出されていて、元拘留者との接触を禁じられていました。病気を感染させられるのを恐れていたのです。幸運にもひとりの兵士がこの命令を無視して、私たちをオーストリアのステアにある、カソリック修道女が運営している病院へ連れて行ってくれました。私たちはそこで唯一の元拘留者として手厚く介抱されました。その結果、生き延びることができ、健康も回復していきました。ところで、この兵士はスタンレー・リーパーという名前でオハイオ出身だということを後で知りました。彼は、テレビでアイヒマンの訴訟の際に私を目撃してから、60年代に私と連絡をとり、知り合いになりました。◢

回復後、イェファダ・バコンは、母親と姉たちに再会するのを期待して、チェコ・スロバキアへ戻ったが、彼女らがダンツィヒ近郊のシュトゥットホーフ女子強制収容所で、解放の二週間前に死んだということを後から知らされた。母親と姉たちは、チフスにはどうにか耐えられたものの食糧が何もなかったので、餓死したのだった。このおぞましい体験を語っている時でも、イェファダ・バコンの声は静かだ。顔の表情は、本当に柔らかく、時折笑みを浮かべている。あたかもこの話を聴いている相手から重圧感を取り除いてあげたいかのように。トラウマともなる体験をした後、この若者はどうやって再び日常生活へ復帰できたのだろうか？　当時の彼の感情と感覚は、どんな具合だったのだろうか？

まだ収容所にいた時、私たち子どもは、生き残れたら何をしようか考えていました。ドイツ人への復讐をどのようにするか、具体的に描写しました。私たちにとってのドイツ人は親衛隊を意味していました。他のドイツ人は知りません。それぞれの民族には素晴らしい人間も存在することは、私たちにはその当時は知らぬことです。私たちが想像をめぐらしたことは、大きな壁を作って、そこでドイツ人を皆餓死させること。とても子どもっぽい思考遊戯でした。私は一九四五年に故郷のオストラウへ帰郷した時、腕章を付けて何かをシャベルで掘って作業をさせられている年配のドイツ人を目撃しました。数年前に父が似たような作業をさせられ、殴られていたのを思い出しました。私は、この屈辱的な行為を目の当たりにしなければならなかったのです。それから、私は石を手にして考えました――今、私がこの男たちに石を投げても、誰にも何も言われないだろうと。強制収容所から出て来たのだから、彼らに復讐をすることができるんだと。しかしこの瞬間、考えたのです――これが何になるっていうんだ？　彼らは、きっとこの憎しみを今度は他の誰かにぶちまける。もしかしたら、私の前にいるこの人々には責任がないのかも知れない。だったら、私は不正な真似をすることになる。それに、父の亡骸はこんなことで生き返ることはないのだ。結局、私は手から石を落としました。この恥ずべき行為を何とかして打ち壊すことが大切だと、当時からわかっていました。しかし、日常生活への復帰はあんな体験をした後では今日明日にできることではありません。戦後、私は少なくとも初めの頃は強制収容所での体験に大きく影響されていました――老人に出会った時など、内心思ったことは――えっ、お前さんまだ生きてんのかい？　ここで何してんの？

お前なんか、もうとっくに火葬場行きだよ。

私は後にプラハでオペラへ行く機会がありました。それは素晴らしい音楽でした。しかしです。講演の最中に私は頭の中で、この劇場にいる人々が皆、毒ガスで殺されたら、どのくらい時間がかかるだろうかとか、彼らの髪の毛が詰まった袋はどのくらいの量になるか、あるいは金歯が入った箱はどの程度いっぱいになるだろうかなど見当をつけてみようとしていたのです。これが、収容所での私たちの現実世界だったからです。私が見ていたのは、人間ではなく、人が残す物だけでした。私の考えはすべてあの体験の後、どういうわけか歪んだものになっていました。当時の私は、自分の周囲にいる人間とは違っていたのです。

死との接し方は、私の場合ちょっと違っていました。戦後初めて経験した葬儀のことを覚えています。装飾された棺桶を乗せた車を馬が引いて来ました。音楽と荘厳な葬列がありましたが、私は理解に苦しみました。と言うのはたったひとりが亡くなっただけで、これだけの行事をしていることにです。少し前に私は、数千人の死を目の当たりにしていたので、人々が気違いじみて見えました。私は死の瀬戸際にある極限状態の生命に直面していたので、解放された後、私は内面で葛藤し続けていました。一方では、これからの人生に向かって勉強しようとしている15歳の少年がいて、他方では、パウル・ツェランが『死のフーガ Die Todesfuge』の中で「早朝の黒いミルクを、私たちは晩に、昼に、朝に、夜中に飲んで、そしてまた飲んで」[10]と記しているように、死を視点にして全

解放後——肖像画 1945 年

体の存在を見ている自分がいました。
私は老人の体験をした子どもでした。両方の素地を持ち合わせていました。どうしたら、そんな組み合わせができるのでしょうか？　もしもデッサンをしていなかったら、この時期を克服できたかどうか、私にはわかりません。◣

イェファダ・バコンは自分が体験したこと、見たことをデッサンの中で整理しはじめた。

◥私は当時はまだ子どもで、芸術家志望でした。そして、自分が目撃したことや体験したことを語る義務があると思っていました。人は私の話を聴いて賢くなると期待していたのです。これは幼稚な発想ですぐに失望するに至ります。誰一人として聴こうとしたり、聴く耳をもつ人はいませんでした。皆、私の話に耐えられなかったのです。戦時中に起こったことを整理するだけの能力が、彼らにはまだなかったからです。その結果、私も黙り込んでしまったというわけです。収容所からの帰還者は皆、最初は黙り込んでいました。しかし私はデッサンを通して、日記の中で表現できたので幸いでした。この時期を乗り越える上で、デッサンは助けになりました。この時期、私は言葉の力を認識しました。◣

イェファダ・バコンのその後の道を決定したのは、プラハ近郊のシュテーリンの臨時青少年保護施設に受け入れられたことだ。この養護施設で当時、作家のハンス・グンター・アドラーがソーシャル・ワーカーとして働いていた。彼は、イェファダ・バコンとの出会いを次のように記述している。「チェコ語を話す若者のグループが私に割り当てられました。ほとんど全員がテレージエンシュタット、アウシュヴィッツあるいはマウトハウゼンで数年間を過ごし、テレージエンシュタットで一九四二年〜四三年以来、たいていが顔見知りで、大体が少年たちでした。イェファダはこのグループの中で一番目立っていました。存在感があり若々しく、まだ幼い顔立ちでしたが、どこか老人めいた容貌と狼狽《うろた》えた眼差しをしていました」(11

私の人生で幸いだったのは、戦後すぐに、あのおぞましい体

「私を日常生活へ連れ戻してくれた人に」——この絵は、イェファダ・バコンがプリミセル・ピッターのために描いたもので、今日エルサレムのヤド・ヴァシェム・ホロコースト記念館に展示されてある

験の後すぐに、こうした素晴らしい人々に遭遇したことです。この中には、ハンス・グンター・アドラー、とりわけチェコ人ソーシャル・ワーカーのプリミセル・ピッターがいました。私は、情け心のようなものを体験しました。あるいは大袈裟にいうと愛だったのです。このことを通して私はゆっくりと変わっていきました。アウシュヴィッツでは、私を殴るか殺そうと目論んでいました。しかし突然、私に何も要求しない、それどころかただ愛情のみを与える人間が現れたからです。このことが私に影響を与えていき、人間であるとはどんなことかを示してくれた人々の存在を知ったのです。その結果、私の人生は変わっていきました。無条件に、意図することなく、心から愛すること、これはほんのわずかな人にしかできないことです。このような人々に出会うのを許されることは恵みです。私は「戦後すぐに」この幸運をつかんだのでした。◣

プリミセル・ピッターは、チェコですでに戦前から養護施設の運営に当たっていた。そして、戦後再び孤児が帰ってくると考えていた。裕福なドイツ人に押収されていた城や屋敷を子どもたちのための保養所に変えることに力を尽くした。

◤今日ならおそらくそう言うと思いますが、奇跡のようなものが起きました。プリミセル・ピッターは、強制収容所から戻ってきた子どもたちだけではなく、戦後、ドイツ人も閉じ込められていた収容所から、子どもたちを受け入れました。つまり、この養護施設ではユダヤ人の子どもたちと、かつてのヒトラーユーゲントの子どもたちが一緒に暮らし始め、その上、友だちにもなっていたのです。子どもたち同士では、ただの一度も争いが起こりませんでした。私たちは、互いの痛みを思いやる気持ちを育むことができ、私にとっては、生涯にわたって教訓となりました。◣

2013年2月 エルサレムにて

聖地を訪れて

イェファダ・バコンは、映画撮影のためにエルサレムを訪ねるように招待してくれた。私たちは、町の上の丘で長い対談をするために彼と会った。ここから、世界三大宗教の聖地である、エルサレム中核の素晴らしい見晴らしを展望した。

◤私にとって、エルサレムは非常に意味深い場所です。それは生きたシンボルです。長くここで生活していればいるほど、この町の意味が私にとってより深くなっていきます。私が言いたいことは、どこにいても幸せになれるし、また悲しくもなれるし、あるいは何かを体験もできます。しかし、エルサレムでは違った経験もできます。私たちはこの世界ではただの訪問者に過ぎないということを感じます。にもかかわらず、気が優れない時でも何か違うもの、人生に意義を与えるものの現存がまだあります。エルサレムより美しい都市も他にあるかも知れませんが、違う力の現存はここでしか体験できません。いずれにしても、私はこれをこういう形で、ここでしか体験したことがありません。

この体験を他の人に理解してもらおうとする時、私は詩人シラーの逸話を持ち出して話します――神が地上の財産を分け与えた時、最後にとある詩人が神の元へやって来ました。しかし、すべてはすでに分配され終えて、何も残っていませんでした。神は詩人に聞きました。「私がこの世の財産を分け与えていた時、お前はどこへ行ってたんだ?」詩人は答えました。「空の星を見ていました」神は彼に言いました。「私はお前にやるれるものは何もないが、私の窓はいつもお前のために開いている」この貧しい詩人は、この世の富は何ひとつ手にできませんでしたが、空への、神の国への展望はいつも彼に開かれています。私にとってこれは、目を開いて耳を澄ましていれば、ここエルサレムで感じとれるこの現在から、何かを得られるということです。ですから、私はエルサレムで生活していることに感謝しているんです。◣

イディッシュ・エージェンシー〔ユダヤ機関〕の援助で、イェファダ・バコンは一九四六年にパリ経由でパレスチナへ入国した。エルサレムでは、名門ベツァルエル美術デザイン学院で勉強をはじめた。パリ、ロンドン、そしてニューヨークでの留学後、イェファダ・バコンは一九五九年にエルサレム美術学校のグラフィックおよびデッサンの教授として招聘された。ここで一九九四年に退官するまで、教鞭をとり続けた。その後は、エルサレムで芸術家として暮らしている。

エルサレムの高台にて、
自分のスケッチブックを手にしているイェファダ・バコン

エルサレムに着いた時、「今から何が？　私に何ができるのか？　私はこの戦後という時代に、何をするつもりなのか？」という問いに立ち向かいました。私は、自分が体験したことを何とかして表現したいと思っていました。これは自分の中にとても強烈に感じていましたし、義務でもあると思っていました。

何よりも私は、もし生き残れたら、これについて報告しようとアウシュヴィッツで誓ったのですから。幼稚な言葉で表現すると「私は、何がユダヤ人の子どもの心に起こったかを語らなくてはいけなかった」ということです。しかし、イスラエルでは誰も話を聴きたくなかったか、聴けなかったのです。仕方がないので、私は自分の芸術の中で表現しようとしました。どんな方法でするのが最良かいろいろ考えました。可能な限り良い芸術家になるために、私は勉強したかったのです。そのためには、手先の技巧を訓練したり、多種の技術をものにしなければならないだけではなく、この考えを実現させるために、心と頭をできる限り啓発させようと思いました。

私はエルサレムでもまた、大きな幸運に恵まれました。それは、人間であるということがどんな意義をもつのかを、自分の生き様を通して具体的に示してくれる人々に出会えたからです。ここで哲学者マルティン・ブーバーの名前を挙げなければいけません。彼は、長年にわたり我が師であり、友でありました。そして、私にとって生きる模範となりました。彼は、途轍《とてつ》もなく多くの知識と精力を豊富に持ち合わせており、これを他の人のために尽くしたのです。にもかかわらず、個人的な付き合いでは極めて謙虚な人でした。私は哲学者でも宗教学者でもありませんが、彼は私が問題を

ベツァルエル美術デザイン学院にてイェファダ・バコン（左）、
1947 年に師であるツィーヴ・ベン・ツヴィー（中央）と共に

明確に見られるように、力を貸してくれました。私は、彼とはとても親しい間柄にあり、彼の中に偉大な芸術家、詩人像を見出していました。彼は、すべてを正確かつ適切に言葉で表すことができました。私も、当時は彼のような才能を望んでいましたが、こうした能力は私にはありませんでした。しかし私には絵が描けたので、これが私の人生となりました。

私は、フーゴ・ベルクマン教授とも交友関係を築き上げました。彼はエルサレムのヘブライ大学の学部長で、プラハでの子ども時代、作家フランツ・カフカの学友でもあり、フーゴ・ベルクマンは思考深い哲学者でした。

しかし、私を魅了したのは、彼の知識だけではありません。最も感服したのは、彼が日常出会う人との付き合い方でした。彼は、大学教授であれ、子どもであれ、学のない労働者であれそんなことは関係なく、どんな人に対しても、温かく接することができました。子どもは繊細な感覚をもっているものです。この模範は私に勇気と希望を与えてくれました。人は常に決定する選択肢をもっていて、そのための責任も負わなくてはならないことを身をもって教わりました。「自分のことが先か、あるいは世間のことが先か、を考えるかどうか」とブーバーが一度表現したように、いつもこの問いに立ち向かっています。困難な時を克服するのに、これらの人々は私の支えとなったのです。◣

マルティン・ブーバーもイェファダ・バコンも根ざしている世界観ハシディズムの地上は、あらゆる苦しみにもかかわらず、この世に存在していること自体が、ただ求めるだけで常にどこでも取得できる神の喜びだという確信に満ちていた。ハシディズムの伝統では、神が私たちと遭遇しようとする場所がこの世である。人間の任務は、困難で苦痛な状況でも、隠れた「天来の霊感」に光を当てることなのだ。

◥私はあえて自分の体験を忘れたくなかったのです。強制収容所での体験は私の人生の一部で、私の目的はこの体験を良いものに変えていくことでした。このことを通して、また芸術作品の中でも、人間的に成長しようとしました。私の場合はアウシュヴィッツでしたけど、生涯にわたって意味を与えることが大切だったのです。死を間近にし、あまりにも多くのおぞましい体験をすると、無意識のうちに自問してしまいます。「こんな人生は意義があるのか?」ひとつはっきりしていたことは、すべての物質的なものは、私を満足させることはもうできなくなっていました。何とか生きてゆかねばならなく、そのためにはお金や他の物は必要ですが、私の中に物質的なものを集めようという気持ちがないことに気がつきました。私は何か違うものを探していたのです。

芸術家にとって、人生の苦しみは深い認識を得るのに、助けになることがあります。この経験をするために、何が何でも苦しまなくてはいけないなどと、到底言うつもりはありません。ゲーテは、日々飢え苦しむことなしに、深い認識をもった素晴らしい詩人でした。私が経験した道より、もっと気持ちのよい道が確実にたくさんあります。私には、アウシュヴィッツで体験した想像に絶する死が目の前にあり、私の人生は根底から揺らぎ、その結果、私は違った見方を身に付けました。「アウシュヴィッツから何を学べるか？」ある人々にとっては、この質問は気違いじみて聞こえるかも知れません。しかし、私はこの答えを勝ちとり獲得して、奥底まで究明したいと思いました。

私は心理学者でも歴史学者でもありませんが、多読してきました。人生の秘密を究明して、自分の芸術に表現しようとしてきました。人生には、病気も苦痛もつきものです。病気になればそれは大変なことです。少し距離を置いてみれば、これも結局は良いことにつながっていくのだということが見出せるかも知れません。苦しみが私を人間的に思慮深くしてくれました。とは言っても、私は、自分がしてきたような体験は誰にもさせたくはありません。

アイヒマン（ホロコーストの指揮官）の訴訟が終わった後、ひとりのジャーナリストが私に「このすべての苦しみに意味がありましたか？」と尋ねました。これに対して私はおよそ次のように答えました。「苦しみは、人の深い心に触れれば、意味を持ち得ます。その時、苦しみは、世間を見る新しい視点の起爆剤になり得ます」アウシュヴィッツにおいてだけではなく、各人それぞれの生活において、このことは可能です。たとえば母親が突然死んだりしたら、神にもこの世にも絶望してしまいかねません。しかし、私たち人間は皆、何か共通項をもっていることに気づきます。他の人も私同様に神の創造物です。聖書には「自分を愛すように汝の隣人を愛せよ」とあります。どうしたら、こんなことができるのでしょうか？　他人は、やはり私とはかなり違っています。しかし、深く考えると、何かが私たちをつなげていることに気づきます。このつながりの意識は、言葉で表現するのは難しい。最高の意味でそれは愛ですが、これはあまりにも悪用されすぎた言葉です。

ヘブライ語の聖書には、「隣人を愛しなさい」という文章に「私は創造者である」という注解が付いています。この三角関係が問題となっています。

つまり神を通して、私たちは皆、互いに結び合っているのです。しかし、神という言葉は、今日ではとても不信を招くもので、もうほとんど使うことができません。したがって、どう呼ぶかは重要でなく、存在あるいは生命と言い換えられるかも知れません。決定的なことは、私たちが皆お互いにつながっているという意識です。他の人も、私や人間が皆そうであるように奇跡的な存在です。私にはこの中に愛の神秘が隠されているように思います。憎しみという問題を克服する上で私には役に立ちました。私が憎んだとしたら、ヒトラーは勝ったことになり、私もヒトラーに感染させられて、腐敗したことになります。

ある時、アウシュヴィッツをテーマにして、自分が言いたいことを言ったと感じた瞬間がありました。私は、何か人と違うことをやり遂げたかったものの、強制収容所についての専門家になるつもりもありません。しかし、私の描いた絵の多くには、今日もなお収容所をテーマにしたと思わせる示唆が含まれ、すべてが潜在的に隠れています。芸術家もそうですが、人それぞれ皆、幼児期をもっています。この時期はいつも現存しています。自分をピカソあるいはシャガールに比べてみるつもりはありませんが、ピカソには、彼の全作品を通してシンボルとして広がっている雄牛か闘牛があり、シャガールには、鶏と白ロシアの故郷ヴィツェプスクがありました。私の場合はそれがアウシュヴィッツなのです。これが私の素材です。この記憶は形を変えて、夢のように全作品に広がっていきます。私は、自分が体験した残酷なものを図解するつもりは決してありませんが、この体験が影響を与え続けているのです。これは処理されきれておらず、子どもの時に受けた記憶が、私の作品の中に連綿と存在し続けています。時にはシンボルとして。私は、これを勧告することなく、ただ暗示させたいだけです。

真の芸術とは、私にとって真の生活のようなものです。というのは、各人が生活の中に自分が探しているものを見つけ出すからです。しかし、それ以外にもです。自分の仕事に全力投球すれば、より高い意義を見出せることを私は経験しました。その場合、これは、対話、真の出会いを導きます。私の絵を観賞する人は、もしかしたら、人生をまったく違った新しい角度から見るようになるかも知れません。時折、他の人の反響を呼び起こすことに成功することもあります。

芸術だけが問題なのではありません。私は何よりも、人間でありたいと願い、このことに努力しています。すべての開かれた出会いは、私たちを互いに豊かにする可能性があります。このことは、私にとって人間の恵みです。

言い換えれば、私たちはお互いに寄り添ってあげられるということです。母親が子どものために寄り添ってあげるように。あるいは、患者から痛みをとったり、生命を延ばすことができる天分に恵まれた外科医のように。各人、その人なりにできることがあります。しかし、私たちは、しばしばそのための時間を作れなかったり、忍耐がなかったりします。◢

アウシュヴィッツ――
エルサレム、善か悪かを問う人間生活における極端

◤善か悪かの問いは、最も根深い問いかけのひとつです。私たちは皆、悪は善の反対だと思っています。しかし、これについて深く考え、哲学と神学を勉強し、最終的に深い認識を得ると、究極的な真理とは二重性なのだということがわかるわけです。それは大きな調和で、この調和への道があります。

しかしながら、人間は「俺は、我が道を行くんだ」と言います。そこで、分裂が起こるわけです。ここに、もしそう言いたいのなら、神性への道があり、他方では、我が道があります。それは、権力、富、国民、邪神、あるいは偶像崇拝などの道です。突然、個人的な真理が出てきます。この間違った道では、悪が発生します。私は、この原因は私たちの中にあると考えています。私たちは、これを自

覚しなければいけません。道が裂けることによって、悪と偽りが発生しますが、邪道は結局、無にしか至らないのです。存在はただ調和によってのみもたらされます。人は調和に近づきますが、決して完全にはなれません。いずれにしても、私の信仰している宗教では、人は決して神自身にはなれません。ですから、この調和により近づけるようにすることだけしかできません。これが、人間の達成できる最大の営みです。すなわち近づく努力が最高だということです。

他のすべてのことは、間違った道へと導き、結局は悪へ導いていきます。しかし、一番大きな認識に到達すれば、悪が存在し続けられないことがわかります。

すべてを強引に手にして「自分」と「自分の」に終始する者であってもやがて死んでゆきます。一体、生前に何のためにあんな無理をしてまで宝を手にしたのか、彼は、すべての行為が意味のないままで死んでいきます。彼の宝は、本当の価値はないのです。ナポレオンは、心の内に虚無感を感じていたので、ますます欲深くなっていきました。しかし、満足することは決してありませんでした。それは本来の問題からの逃避にすぎず、「人間よ、お前はどこにいるんだ？」という問いに隠れているものです。

しかし、この法悦に浸った認識へ到達した後には、何が続くのでしょうか？　日常生活では何からはじめたらいいのでしょうか？　ヘブライ語ではこれに対する答えは、「私が体験したことは、自分の生活を通して示すべきだ」とあります。私の人生自体が答えなのです。ただ、ほんのわずかな人にしかできないことです。

ある人は、愛する人への愛の中で調和をかすかに感じとります。他の人は、もしかしたら音楽の中でそれを感じます。彼らは次のように言うでしょう。神について何を話せばいいかと、バッハの音楽を聴いて、理解できる耳をもっていれば、その中で神は体現しているのだからと。天文学者は、ひょっとすると、星を見て調和を感じているかもしれません。この調和はまったく個人的に体験できるもので、それぞれ多くの名称を与えることができます。ただし、これを体験するためには、人間としてできる限りのことをしなくてはいけません。

そして今日、最善を尽くしたと誰が言えるでしょうか？　明日達成できるかも知れません。しかし、人間であるように努力することだけでも、大変なことなのです。私が幸運だったのは、ただ努力しただけではなく、生きる模範となることに成功した人々を、この目で見てこれたことです。

彼らは私に人間に何が可能かを感じとらせてくれました。このような人々に出会えることは、恩恵です。ともかく、私にとって彼らとの遭遇は恵みでした。

私たち撮影チーム全員が、イェファダ・バコンとの出会いと対話を通して、恩恵を得られたような、また豊かな気持ちを味わった。

バコンは、謙虚な仕方で私たち皆を「自分とは誰か？　人間とは何か？」という根本的な問いに対峙させてくれた。若い時分のイェファダ・バコンは、哲学者マルティン・ブーバーの中に偉大な芸術家を見出し、基本的な体験を言葉で表現する彼の才能を羨んだが、「すべての結婚式で踊ることなどできはしない。制限しなくては、私は芸術に制限するのだ」と考えたようだ。

私たちが出会ったイェファダ・バコンは、言葉と絵画の中に潜まれている深い知恵を啓示した芸術家のイェファダ・バコンだった。

GRETA KLINGSBERG グレタ・クリングスベルク

4章　すべてのものには詩がある

「生き残ったこと自体は、褒められることではありませんが、
大切なことは、それから何をするかということです」

2013年2月
エルサレムにて

「宇宙は喜びから創られた」(12

グレタ・クリングスベルクがエルサレムで彼女の庭を案内してくれた時、この格言が思い浮かんだ。

「硬い硬い。石がたくさん、そして水が少ないの。でも雨は降ったのよ。一度ね」と、83歳の婦人は、驚くほど器用に素早く小さな杓子《しゃくし》で花壇を突っつきながら話している。

「成長、誕生、咲き広がる、素晴らしいことだわ。私は皆さんがここに立っている所にあるものすべてをとても誇りに思っています。たとえば、ゲニスタ、バラ、大きいレモンの木と小さいのがありますが、これは私が13年前に植えたものです。下にまだマンダリンの木があるわ。これはリンゴの木で、この小さな木はスモモですが、半年前に私が植えました。ちょうど花が咲きはじめたばかりです。庭仕事は、最も心温まる仕事のひとつなんです。誕生、というのは素晴らしいことです」と、彼女はカメラへ向けて笑みを浮かべている。「音楽の場合も、本番の上演よりもリハーサルのほうが好きなんです。誕生、創作、この過程が素晴らしい。庭でこれを体験しています。あっ、ご覧になって、もうすぐヒエンソウが花咲くでしょ。これはラッパズイセンで、つぼみが開いてもうじき花が咲きます。植物か、赤ちゃんか、曲か否かにかかわらず、みんな一度に現れてきます。本当に、これこそが素晴らしいことだと思うんです」

グレタ・クリングスベルクは、顔いっぱいに輝きを見せた。「私は喜びをもって生きていて、自然と人間の中で喜びを感じていると心から伝えることができます。庭仕事は、私にとって日々のスポーツです。外の自然に触れると、一時間なんてすぐに過ぎてしまい、汚れたりします。ちょっと見てください。この手、女らしくない手を。でも、これは健康な汚れで喜びが湧いてくるんです。私は、この庭にあるものはすべて自分で植えました。イチジクの木とアーモンドの木以外は。

イチジクとアーモンドは、アラーか愛する神によってもたらせられたもので、勝手にここに居座ってしまったんです。私は、アーモンドの木をイチジクの木に植え換えたりなんかしません。アーモンドの木が居着いてしまって、だからこれも生き続けるべきです。私たちが住んでいる水気の乏しい地で、庭を維持するのは難しいことなので、なおさら私はこの庭に誇りを感じています。少し東へ行くと、もうそこは砂漠が始まっていて、東風がここへ非常に強く入ってきて、乾燥するのがとても速いんです。また九ヵ月間、一滴も雨が降りません。キッチンのあちこちに小さなバケツを置いています。これで水を集めるんです。この中に石けんを入れてあるバケツはトイレ用に使います。水が多少油っぽい場合は肥料として最適ですから、庭に撒きます。ですから、いつも注意を払わなければならないのですが楽しい作業です。あっ、これを見てください、最初の小さいヒヤシンスとムスカリが出てきました。しばらくすると、ここは一面いっぱいになるでしょう。最近温かくなってきたので、みんな早く芽を出してきます。これがエルサレムの二月ですよ。ヨーロッパの寒い冬を過ごす必要がないのは幸いです。これまでの人生でもう充分に震えてきたので」

グレタ・クリングスベルクは、レモンの木の小枝の中へ入っていった。「ちょっと見てちょうだい。これ、本当にきれいでしょ！　ここにあるのは特別大きいんですよ。ちょっと匂いをかいで。どんなレモンかわかるでしょ。いい香り！　こんな香りがするのは、店にはないですよ。誰かほかに匂いをかいでみたい人はいる？　レモンの木から出ますけど、いいかしら？」

「ちょっと待ってください！」とカメラマンが呼びかけた。

「二、三枚写真を撮りたいんですけど」

グレタ・クリングスベルクは、歌を口ずさんでそれに答えた。「そんなに急ぐな、そんなに急ぐな、ちょっと待てよ、小さな波よ！」これはシューベルトよ。それぞれの場面に合わ

「誕生、創作、この過程が素晴らしい」と語るグレタ・クリングスベルク。エルサレムの自宅の庭にて

せて、歌を用意してあるんです。公の場ではもう歌わないんですけど、絶えず私の中には歌が流れているんです」

「もう一度、レモンの木を眺めてもらえますか」と、カメラマンはそうお願いしてレンズを覗き込んだ。

「今、私が見ているのは、あなたが近づきすぎているスモモの木なのよ」と心配げに彼女が言った。

「私は普段は本当に神経質じゃないんだけど、若い植物には気をつかってあげなきゃ。そのすぐ隣に、コンピューターで制御されている給水装置があるんですよ。申し訳ないけど、気をつけてもらえますか！」と言って、すぐにまた彼女は笑った。

「庭は私の学校です。私の脳は、まだ開かれていて受容能力があると、昔、私は言っていました。というのは、私はほとんど正式な学校教育を受けていないからです。だから、好奇心を維持できたのかも知れません。いろいろなことに興味をもっていて、楽しいことを好んで試してみています」

この瞬間、彼女の注意は再び植物のほうへいった。「この低木、また根付いてきてよかった。かなり小さく切っておかなければならなかったんです。大きくてとてもきれいな花が咲きます。ここに座って朝食をとると、何とも言えない心地よさを感じるんですよ」

グレタ・クリングスベルクは、一九四六年以来エルサレムに住んでいる。生まれは、一九二九年、ウィーンである。旧姓グレタ・ホーフマイスターとして、ユダヤ教会と公園の近くにあるレオポルトシュタット第二地区で育った。ドナウ川とドナウ用水路の間に位置するこの地区のニックネームは、「マッツェ島」だった。これは、当時ユダヤ人の祝日に種なしパンを製造していた多くのマッツェ・パン屋に由来していた。

「私たちの生活は、とてもユダヤ的でしたが、特に宗教的な面はありませんでした」と、グレタ・クリングスベルクは想い起こしている。父親のアルフレッド・ホーフマイスターは新聞社で働いていたが、そこでどんなことをしていたのか詳細は、彼女にはわからないということだ。母親のパウラは、結婚する前はタバコ屋を経営していた。「そもそも最初のユダヤ人女性であった」ことをグレタ・クリングスベルクは強調している。その後、母親は家族のために家庭に留まった。「両親は貧しく教養はなかったものの、品行方正な人間でした。私たちは、とても大切に愛情深く育てられました」。家族には1歳年下の妹トゥルーデがいた。

「最初はごく普通の幼年期でした。私は、人を笑わせる教師か、女優にいつかなることを夢見ていました。祖父は、ベルリンでパルディ・ホーファーの名で知られたかなり有名な俳優でした。音楽は私は昔から好きでしたが、楽器を習わせてもらうお金は両親にはありませんでした」

グレタは、小学校の2年になった時、ウィーンでの生活に変化が起きたことに気がついた。「私はとても負けず嫌いの生徒で、勉強が非常に好きでした。しかし突然、試験の成績が良いのにもかかわらず、悪い評価をつけられてしまったのです。腹がたって仕方がありませんでしたが、ユダヤ人の子どもは、良い評価がもらえなかったのです。後に、私たちには学校へ通うことも禁止されてしまいました。手のひらを返すように、隣の人と挨拶することも、友だちと遊ぶことも、それから特定の店で買い物をすることも禁止されていきました。日々、新しい法令が決まっていきました」と、グレタは振り返っている。

一九三八年、オーストリアがナチドイツと併合した後、父親は役所から身を隠さなければならなくな

ウィーンでの平穏無事な世界。
グレタ3歳、熊の縫いぐるみ「ブルムベア」を抱いて

り、姿を消さざるを得なくなった。子どもたちにとっての暗い時期が始まった。

◤ある晩、母が二、三のものを集めて荷造りをしました。私たちは家から出て、それからもう二度と帰ることはありませんでした。歩いてチェコの国境へ向かって行進しましたが、無性に寒く、風も吹き、雨も強く降っていたのを未だに覚えています。緑の国境を通っていきました。ぶよぶよにぬかるんだ畑を歩き続け、靴にへばり付いた泥の重さを今でも覚えています。一歩一歩が重たい歩みでした。私は、母がひとりで子ども二人を連れ、疲労しきって、「もうこれ以上は無理だわ。戻りましょうか」と言ったのを覚えています。母が後で話してくれたのですが、私はその時、足踏みをして言ったのだそうです。「だめよ、もうこんなに来たんだから。このまま行こうよ」と。そのうちに、国境の近くにあるチェコの町ミクロフへ辿り着きましたが、それから、どこへ行ったらいいかわかりませんでした。その時、誰かがドイツ語を話しているのが聞こえてきて、ユダヤ人であればいいと願っていました。幸いなことに予感は当たり、そこに泊めさせてもらい、食事とお風呂にも入らせてもらいました。翌日、私たちはさらに、モラビアの首都ブルノへ向かいました。ここで父と会う約束になっていました。◢

ブルノでグレタの両親は、パレスチナへ不法入国しようとしているグループと一緒になった。危険な企てに子どもを連れて行くのは不可能だったので、9歳のグレタと8歳の妹のトゥルーデは、残らなければならなかった。思い切ってこの旅をしようとする他の両親同様に、グレタの両親も娘たちを施設に

二人の娘グレタとトゥルーデと一緒の、パウラ・ホーフマイスター。
オーストリアから逃走する少し前

預けた。パレスチナに着いてから、子どもたちを迎えに来るつもりでいたようだが、この計画は水の泡となった。それは、一九三九年三月一五日にドイツ軍がチェコ・スロバキアを占領し、ボヘミアとモラビアを保護領にしたからだ。子どもたちは、それからチェコ・ユダヤ系養護施設へ転宿させられた。

◤全部で約30人の子どもがいました。その中で両親と再会したのは、わずか3人だけで、当時は恐るべき時代でした。両親がいなかったので、私は楽しいことは何も思い出せません。私たち子どもは多数で、全学年層で構成されており、全員一緒に大部屋へ収容されました。そこに昼も夜も在留し

短い間グレタは、ブルノのドイツ人学校へ通ったが、まもなく、
ユダヤ人児童が授業に出ることが禁止された

ていなければいけませんでした。子どもというのは、残酷になり得ることもあり、そう簡単には外の子どもを受け入れないものです。私たちオーストリアから来た子どもは、まだチェコ語を話せませんでした。孤児になったわけではなく、両親がパレスチナにいるだけでした。私たちが段々とチェコ語がわかっていくようになると、私たちを囲む孤児院での事情は、少し良くなっていきました。しかし、女性の施設長は善人ではありませんでした。

とてもひもじい思いをさせられ、些細なことで酷い罰を与えられたのを覚えています。この施設長は、子どもの食糧を用いて闇市場で商売をしていました。これがあからさまになった時、養護施設は閉鎖され、それから、私たち子どもは、テレージエンシュタットへ移送されて行きました。

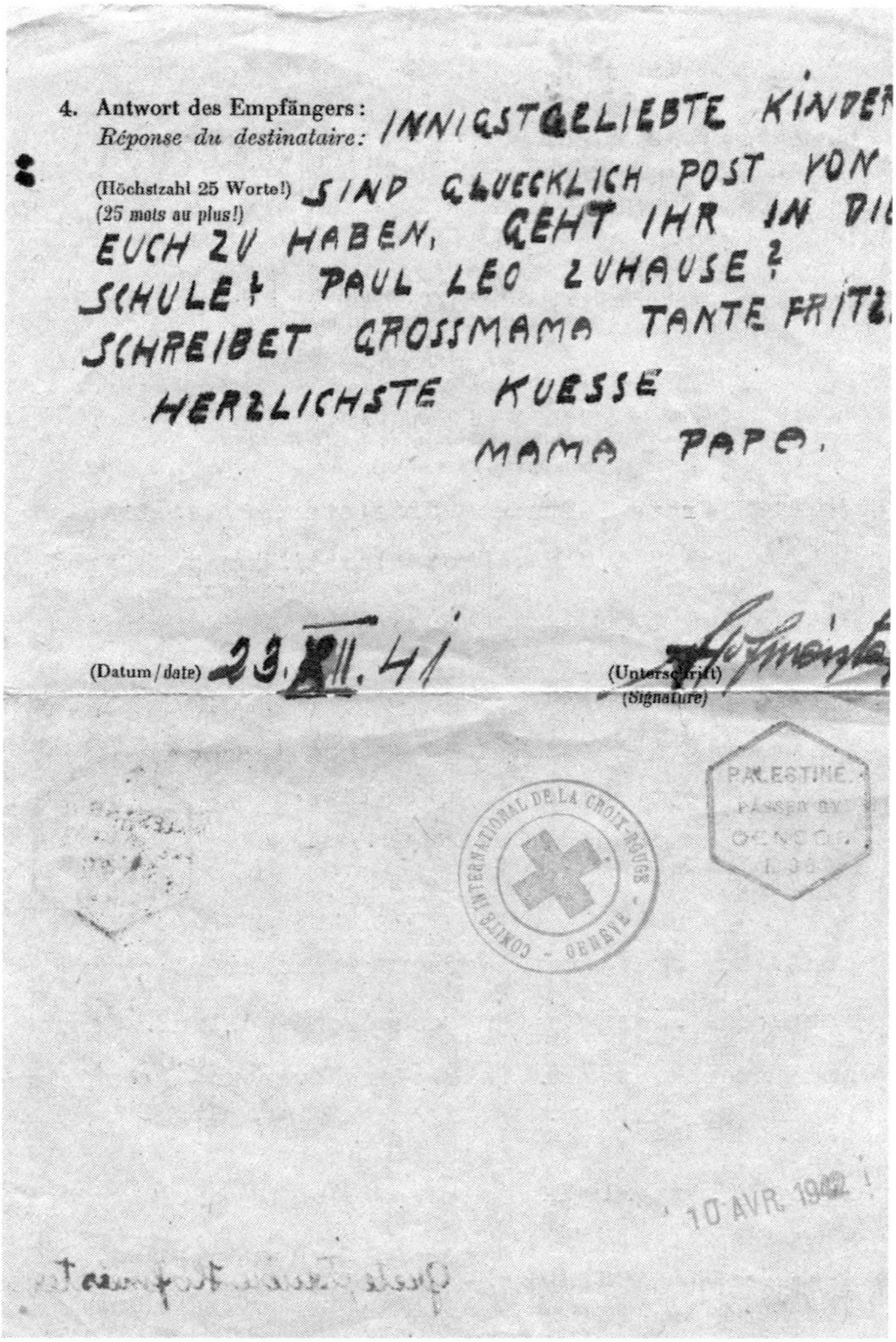

4. **Antwort des Empfängers:**
Réponse du destinataire:

(Höchstzahl 25 Worte!)
(25 mots au plus!)

INNIGSTGELIEBTE KINDER
SIND GLUECKLICH POST VON
EUCH ZU HABEN. GEHT IHR IN DIE
SCHULE? PAUL LEO ZUHAUSE?
SCHREIBET GROSSMAMA TANTE FRITZI
HERZLICHSTE KUESSE
MAMA PAPA.

(Datum/date) 23.XII.41

(Unterschrift)
(Signature)

心から愛する子どもたちへ――お前たちの郵便を受け取って嬉しい。学校へ行っているかい？　パウルとレオは家にいるの？　お祖母さん、フリッツ叔母さんに書いてね。心からのキス。ママ、パパ　1941 年 12 月 23 日

プラハから北へ60キロ離れた、かつての兵舎テレージエンシュタットは、ユダヤ人拘留者の強制収容所に変わってから「地獄の前庭」と名づけられ、「東へ移送する」通過収容所としての役を果たしていた。客観的数字から次のことが読みとれる——ユダヤ人拘留者の中に、チェコ人、ドイツ人、オーストリア人、オランダ人、ポーランド人、ハンガリー人、そしてデンマーク人が含まれた合計一四万一千人の拘留者が、テレージエンシュタットへ移送された。およそ三万三五〇〇人が収容所で死亡した。八万八千人がさらに東の絶滅収容所へ運ばれて行って、その中で生き残った者は、わずか三千五〇〇人のみだった。

「子どもは自分の見方をもっています」と語った。「ゲットーは、私たちが到着した当時、まだ組織立てられていませんでした。ユダヤ人自治体が私たち子どもの世話をするようになるまでには、まだ時間がかかりました。結局、私たちはブロックL410いわゆる女子施設へ入ることになりました。三段ベッドを、約30人の同じ年の子どもが共用しました。戸棚はありませんでした。自分たちの二、三の持ち物、安物の服、本一冊、歯ブラシ一本、これらはベッドの上に置いておきました。私は、芸術好きの子どもたち25人と一緒の部屋でした。私たちは本当によく歌ったり、詩を書いたり、絵を描いたりしました。この部屋がいつも溢れんばかりにいっぱいであっても、一時もひとりでいる時間がなくても、そして惨めさで周囲を一面に囲まれていても、私はテレージエンシュタットで、ここ数年で初めて少しゆったりとした気分になり、そして幸せでもありました。

パレスチナの両親から子どもへ宛てた手紙。「赤十字を通して両親は私たちと連絡をとり、私たちがパレスチナへ入国できるように工作を試みましたが、それはもはや叶いませんでした」

ユダヤ人収容所管理局は、テレージエンシュタットの子どもたちのために、保護されていた場所を維持していくことに全力を尽くした。

「私たちは、青少年に彼らが疎かにされず誰にも邪魔されず若者であることが許される施設や場所を作り出したかったのです。…度重なる惨めさの真っ直中にある青少年にいくらかましできれいな家を作ってあげたいと思いました」(13と、伝説的ユダヤ人青少年指導者のフレディ・ヒルシュは、一九四三年にテレージエンシュタットにおける青少年保護施設創立一年の結果報告の中に書いている。テレージエンシュタットの「青少年保護」について存在する数多くの報告と言い伝えは、教育がここでいかに真剣に受け止められていたか、またいかに多くのエネルギーをもって教育思想が可能な限り実践されていたかなどを説いている。このことが可能だったのは、北ボヘミアのこの収容所には大勢の芸術家、学者、そして教育者が集まっていて、この中には自分の命よりも子どもたちの命のほうを大切に思っていた人間がたくさんいたからだった。戦後、プラハのチェコ・フィルハーモニーの指揮者となり、テレージエンシュタットの音楽家のうちで数少ないホロコーストの生存者のひとりだったカレル・アンチェルは、回想録の中で次のように記している。「確かに、ナチはユダヤ人を絶滅させることにはほとんど成功したが、それでも成功しなかった、または達成できなかったことは、人は人間性をもっているという思想を撲滅することだった」(14

「子どもの世話をした人々は、テレージエンシュタットの英雄でした」と、述べている。「彼らがしてくれた献身的な愛。彼らは厳しかったですが、私たちが身体を洗い、規律を守ることに気を配っていました。ラウラ・シンコは、私たちがベッドを整えることや、靴をきちんと並べることや、歯を磨くことなどを嫌になるほど几帳面に注意を払っていました。それにもかかわらず、私が最も感謝しなければならないのは彼女です。娘たちは皆、日記を付けていました。どうしてかもうわかりませんが、一度、病室にいた時、私は彼女に読んでもらうために日記を渡しました。その後で、彼女は私を養子として迎え受ける決心をしました。こういうことは、テレージエンシュタットでよくあったことでした。両親がいない者は、世話をしてくれる人に迎えられました。この時から、ラウラ・シンコは私の母親役を引き受けることになりました。妹と私は、もう数年前から生みの親と離れ離れでした。他の子どもたちは、ほとんど実の親とテレージエンシュタットへやって来ました。頭の良い親は、子どもを青少年保護施設へ送りました。というのは、子どもたち同士でいましたし、食事の供給も多少よかったですし、また授業のようなものも受けられたからです。文学や歴史について多くのことを学びました。また数学と外国語についても勉強しました。紙は子どもたちのデッサンに使われていたので、講義の際にノートをとることはできませんでした。今日でも、当時私が暗記して勉強しなければならなかったドイツ史のことを覚えています。たとえば「歌手の呪い」「イビュコスのクレーン」などです。私たちの学校は即興的なところがありましたが、とても想像力に富んでいました。◣

教育者は、テレージエンシュタットで知識を仲介するよりも人間中心の教育に価値を置いていた。

女性の世話人は、私たち子どもが互いに助け合うように教育し、またこの点にとても価値を置いていました。私たちは、すべての物をわかち合っていました。もし一切れのパンをもらったりしたら、他の誰かにその半分を与えました。大人の収容所では、とても考えられなかったことです。大人は、一切れのパンが彼らの生存を確かにすることを知っていました。私たち子どもは、そのようには考えず、友だちとベッドで食事を分け合いました。私たちの世話人は模範でもあったのです。ラウラや彼女のような同僚は、どんな状況でも人間であろうと試みた本当の人々でした。そして、彼女たちはこの生き方を私たち子どもに伝えていきました。私はうまく伝わっていったと思います。至る所で、悪人に出会う可能性があり、それは今日も変わりません。ある人は私に次のようなことを言います。「何をそんなに興奮しているんだい。君はもう嫌なことを多く経験しているじゃないか」私たちを殴った別の模範もあったので、再三腹立たしくなります。人生の希望と価値を与えてくれたラウラのような人間。しかし、彼女も、私が当時妹に対してそうであったように厳しかったのです。妹は他の部屋へ収容されていましたが、よく見かけました。私は妹に対して責任を感じていました。私は当時とても道徳心が強く、一度、妹がゴミ箱から何か古い玩具を取り出そうとしているところを、指を差して禁じたことがあります。「そんなこと、しちゃダメ!」今でも心が痛みます。

しかし、私はあの当時学んだこともあります。それは、苦しい時でも人生は美しいということです。そういう時にこそ、人生の友となる人間に出会うかも知れません。この出会い、他人とパンを分け合うこと、そして他の物すべてを分け合ったこと、これらは小さな光の眼差しで、結局のところ人生を形成してゆくものです。このことを体験するために、私たちが歩んできた道を行く必要は必ずしもありません。私が今日、繰り返し子どもたちに言うことは、自分がすることに喜びを感じ、他の人をあるがままに認めてあげるべきだということです。これは生きる勇気を与えると信じています。でも、これはすべて大袈裟に聞こえます。私はそうではありません。生きることに喜びをもって、才能を活かしてください。これがすべてです。

暗闇の中の光

国家社会主義的権力が支配的であった時、テレージエンシュタットが他の強制収容所と異なるのは、このゲットーで進められた他に類を見ない文化的生活が存在していたことだ。テレージエンシュタットの拘留者社会は、ユダヤ人の知識人によって形成され、その中の大多数は優れた画家、詩人、それに音楽家だった。君臨していた惨たんたる苦しみにもかかわらず、ここで高い水準の文化的価値観が生まれた。テレージエンシュタットの音楽の中で今日でもなお一番強く思い出に残っているのは、子どもオペラ『ブルンジバール』である。

『ブルンジバール』は、テレージエンシュタットで誕生したのではない。すでに一九三八年に作曲家ハンス・クラーサと、テキストを書いたアドルフ・ホーフマイスターによって作られたもので、二人はこの子どもオペラの楽譜をチェコ・スロバキア文化庁コンクールに提出している。

しかし、ヒトラーによるチェコ・スロバキア併合の後、コンクールには順位はつけられず、結局、評価されることはなかった。

一九四一年の夏、プラハのユダヤ人養護施設長ルドルフ・フロイデンフェルトの50歳の誕生日を祝い、音楽や演劇が催された。招待された客の中には、作曲家ハンス・クラーサとプラハ国立劇場のアーティストたちもいた。孤児たちと共にオペラ『ブルンジバール』を上演してはという考えが生まれた。

そして、一九四二年に最初の、とはいってもかなり制約された形で上演がなされた。アーティス

『ブルンジバール』上演、アニンカ役のグレタ（中央）。
「一度にテレージエンシュタットでは子どものスターが誕生した。子どもたちは、グレタ・ホーフマイスターを見ると、「あっ、アニンカだ！」と叫んだものだった」(15

トたちは全員、後にまたテレージエンシュタットで再会し、収容所の子どもたちにオペラの稽古をさせることを決めた。青少年保護施設の屋根裏部屋L417で準備が始まった。数え切れないほどの子どもたちが、参加したいと思っていたようだ。ラファエル・シェヒターとルドルフ・フロイデンフェルトは、全員の子どもに歌わせ、適性のある候補者を選び抜いた。女性の主役アニンカは、結局、グレタ・ホーフマイスターがすることになった。

◤私はそれ以前にもいろんな上演に出演していました。スメタナの『売られた花嫁』とか、合唱でヴェルディの『レクイエム』とかを。私は、良く通る澄んだ声で、高いソプラノで、しかも絶対音感をもっていたので、アニンカ役に選ばれたのだと思います。◢

初演は、一九四三年九月二三日にいわゆるマグデブルク兵舎の屋根裏で行われた。群れをなして、群衆が老いも若きも押し寄せてきた。皆、子どもたちが数週間前からうわさ話しているものを味わいたかったのだ。子どもオペラ『ブルンジバール』の上演を。

作家ハネローレ・ブレンナーヴォンシックは、自著『28号室の娘たち、友情、希望、そしてテレージエンシュタットの生き残り*』の中で次のように述べている。「その後、『ブルンジバール』は毎週プログラムに載りました。公演はいつも売り切れでした。切符は、余暇利用センターから出されていて、あっという間に売り切れになりました。この小さな『ブルンジバール』は、恐るべき魅力で観客を魅了していました」(16

テレージエンシュタットで合計53回上演され、多くの人々にとっては闇の中で光を見たような感覚にとらわれた。

◤私は、最後の演出まで続けたので、50回以上歌いました。また、多少の報酬をもらいました。たとえば、マーガリンや砂糖などです。一、二回、病気で出演できませんでした。つい先ほど、わたしは奇妙な出会いに遇いました。チェコでの『ブルンジバール』上演後、高齢の婦人が私に近づいて来て、「あなたが一度病気になってくれたおかげで、私は代役として出演できたのよ」と言ってくれたのでした。

当時は、非常に多くの子どもたちが、やりたがっていたのですが、アウシュヴィッツへ移送されて行ったために、何度も何度も代役が使われていました。◢

一万五千人以上の子どもが、テレージエンシュタットから東の絶滅収容所へ連れて行かれ、その中で解放されたのは、わずか二五〇人にすぎなかった。

2013年2月
ヴュルツブルクにて

「君たちは、友情を頼りにできなきゃいけない」

灰の水曜日は、ヴュルツブルクで子どもオペラ『ブルンジバール』が再上演され、この日は初公開だった。すでに一年前、私たちは、テレージエンシュタットで子どもの時に『ブルンジバール』を見ているイェファダ・バコンの同伴で、この上演の提案者であるアレキサンダー・ヤンゼンとヴュルツブルクで会っている。イェファダ・バコンの援助で、ヴュルツブルクの生徒は、ドーム博物館で計画されていた『ブルンジバール』の上演のために、舞台を新たに作り出した。

私たちは、イェファダ・バコンを伴ってカメラでヴュルツブルクの生徒と初めて会うところへ随行した。『ブルンジバール』の再上演が映画のクライマックスになるのではないかという考えが、それからまもなく熟してきた。ヴュルツブルクでは、主役全員を一緒に会わせてみようと思った。エスター・ベシャラーノ、エーファ・プスタイ、そしてイェファダ・バコンがここで顔合わせをして、個人的な知り合いになってもらえればと思ったからだ。しかし、イェファダ・バコンは、健康上の理由で旅行を断念せざるを得なくなってしまった。その代わり、グレタ・クリングスベルクが映画プロジェクトに加わることになった。彼女は、『ブルンジバール』の再上演に参加するために、エルサレムから賓客としてやって来て、私たちは、ヴュルツブルクで初めて彼女と会った。これは幸運な埋め合わせだった。何故なら、テレージエンシュタットでの『ブルンジバール』のかつての立役者が、映画の支えとなる大黒柱になったからだ。
リハーサルの合間に、ヴュルツブルクドーム博物館の中で、舞台装置の前にカメラを設置しておいた。『ブルンジバール』の舞台裏には、立腹した形相のオルガン弾きの手回しオルガンが立てられていた。まずはグレタ・クリングスベルクに、この有名な子どもオペラで、これはどういうことなのか尋ねてみた。

父親を亡くし重病の母親をもつ、姉妹ペピチェックとアニンカが、ここでは問題になっているんです。医者は彼女たちに、母親はミルクが必要だと言います。それで二人は、ミルクを買おうと手にミルクポットをもって市場へ行きます。二人はお金がありません。ミルクを売っている男は、二人を追い払います。その時、二人は、手回しオルガン弾きのブルンジバールがただオルガンを回し、それだけでお金をもらっているのを見たんです。そして、ひとりがもう一方に語りかけます。「もしかして私たちが歌でも歌ったら」二人は好きな歌を歌いましたが、声は弱すぎて、不幸なことにブルンジバールに追い払われました。二人とも、くたくたに疲れて、市場のどこかで眠り込んでしまいました。そこへは、夜中、町の動物たちがやって来ます。犬、猫、スズメが二人に言いました。「君たち二人だけじゃ、弱すぎるよ。だから、町から子どもたちを連れて来てあげる。そうしたら、君たちのほうがブルンジバールより強くなる」。翌日、子どもたちは全員で歌いました。その声は充分強く、オルガン弾きは負けました。皆が力を合わせたので、勝利を収め、悪人はいなくなったのです。

このオペラの美しさは、『ブルンジバール』が本当に子どもたちだけで歌われていることです。他の子どもオペラは、たとえば、『ヘンゼルとグレーテル』では、ほとんど大人が歌っているんですが、『ブルンジバール』は、子どものために、子どもだけによって演じられています。特にこれは以前から素晴らしいことだと思っていました。テレージエンシュタットでは、オペラの歌がすぐに至る所でヒット曲のよう

かつてテレージエンシュタットで『ブルンジバール』の女子主役を演じたグレタ・クリングスベルク、ほぼ70年後の子どもオペラの再上演において、ヴュルツブルクの生徒と共に

に歌われたり、口笛が吹かれたりするようになりました。音楽は理屈なしにいいものです。大人子どもを問わず、この上演に一度も来ていない人はほとんどいませんでした。音楽は、あらゆる人にたとえ数時間の間でも厳しい現実から逃れることを可能にしてくれます。◣

収容所の多くの拘留者にとって、『ブルンジバール』は子どもたちを囲み、苦しめる悪の象徴となった。子どもたちは、『ブルンジバール』の中にヒトラー、ナチス、多数の加担者、それに独裁政権の支持者を見た。「私たちはブルンジバールに勝った」という勝利に酔う声が、テレージエンシュタットの至る所で聞こえた。

◤私たち子どもにとっては、舞台に立つことが単純に嬉しかったものです。普通の子どもらしい生活がここでは突然に再び営まれだしました。犬、猫、スズメ、それに学校、ミルクとアイスもありました。これらのすべては、私たちがほとんど知らないものでした。

私たちは、怒った顔の手回しオルガン弾きのブルンジバールも特におもしろいと思いました。テレージエンシュタットで『ブルンジバール』の男子主役で歌を歌ったホンツァ・トライヒリンガーは、貼り付けた口髭を動かして、観客を笑いに巻き込むことに成功しました。このオペラが今日もなお多くの喜びをもたらしていることを嬉しく思います。これは、作曲家ハンス・クラーサに贈ることができる最高の記念です。◣

ヴュルツブルクでも初公演でドーム合唱団が歌い、公演のクライマックスは有名な最終合唱で締められた。「君たちは、友情を頼りにできなきゃいけない、共に道を行き、新たな力を信頼しなきゃ、そして互いに助け合わなきゃ。君たち、見てごらん、どうなったか。僕らはブルンジバールに勝ったんだ。誰も僕らを離れ離れにすることなんかできないさ」子どもたちは、大喝采を浴びた上演の最後に、感動しているのがはっきり目にとれるグレタ・クリングスベルクを、ファイナーレに彼女と一緒にもう一度歌うために、中央に連れて来た。

◤このオペラは生き続けます。これまでに、多数の言語で歌われていますが、私は、ヘブライ語、チェコ語、ドイツ語、英語、イタリア語、そしてギリシャ語で聴きました。素晴らしいことです。音楽は生き続け、喜びをもたらします。そして、このオペラのメッセージは――この作品のメッセージは偉大な言葉ですが、私がそこから学んだことは、他人を認めるということです。他の人が生きているのと同じように、自分も生きる必要はありません。しかし、他人がそう生きていることに好奇心をもつべきです。

どうして小さな帽子をかぶるのか？　何故、豚肉を食べないのか？　これらは他人を見る視角を広げます。自分たちの周囲を見てください。こういう好奇心から寛容な気持ちが出て来て、他人を認め、それに加え、そういう違った人もいることに喜びを感じるようになれたらいいと思います。もし、皆が同じだったとしたら、もの凄くつまらなくなってしまうと思うんです。◢

2014年2月
エルサレムにて

自由だという気持ち

イェファダ・バコンが『ブルンジバール』再上演の初舞台のためにヴュルツブルクへ来られなかったので、私たちはエルサレムで彼と再会することを嬉しく思った。彼は、数十年来グレタ・クリングスベルクと親しい交友関係にある。彼らは、今日エルサレムで同じ地区に住んでいる。グレタ・クリングスベルクの居間のソファに、私たちが彼らと向かい合わせに座ると、二人は自分たちの共通の話をした。「私がグレタに最初に会ったのは戦後で、私たちがプラハからイスラエルへ来た一九四六年で、当時はまだパレスチナでした」グレタ・クリングスベルクは頭を激しく横に振って、「悪いけど、それは違うわよ。テレージエンシュタットはどうなの?」

「テレージエンシュタット! ああ、そこで彼女を見たことは見たんですが、私は当時、彼女がグレタだとは知らなかったので。青少年保護施設L417で『ブルンジバール』のリハーサルが行われました。昔学校だった所で、とても広い体育館がありました。私たち子どもにとっては、とてつもなく巨大でした。リハーサルはそこで行われ、私たち子どもも、オペラを全部暗記し一緒に歌いました。その後もちろん、上演も見ました。マシェンカが彼女だってことは、知っていました」

「アニンカよ、マシェンカじゃなくて」と、グレタ・クリングスベルクが彼の話の腰を折った。また笑みを浮かべ「マシェンカは『売られた花嫁』に出て来るの。これも私は歌ったけど」と二人はニコニコ

新世界への旅立ち——1946年4月、友だちとパレスチナへの旅立ちを
待っているグレタ・クリングスベルク（右）とイェファダ・バコン（中）

笑いながら見合った。

「『売られた花嫁』のリハーサルも青少年保護施設であったね」と、イェファダ・バコンが言った。

「あなた、私をよく見たでしょ」と、グレタ・クリングスベルクが答えると、

「でもまだ君のことを知らなかったから」イェファダ・バコンが冗談交じりに途中で言った。

「そんなに私は重要でもなかったし」と、彼女が続けて「テレージエンシュタットでは、女子と男子は別々に生活して、いろいろな施設に分かれていました。ですから、私たちは直かに接触がなかったんです。したがってもっと親しくなったのは、戦後すぐにプリミセル・ピッターによってプラハ近郊の城につくられた養護施設へ入ってからです。ここでも女子と男子は別々にされました。でも、講義の時には会って、話もできました」

「それから、喧嘩も」と、イェファダ・バコンは笑いながら付け足した。


後で、イェファダと私は、一緒にプラハからパレスチナへ行きました。まず電車でパリへ、それからさらにマルセイユへ行き、そこで乗船させてもらいました。パリでは二、三日停泊し、食糧が買えるようにお金を少しばかりもらいました。私たちは、お金をもって即座に書店へ行きました。そこで、ルーブル博物館の画譜を二冊見つけて、有頂天になりました。大きくて重たい本でした。この二冊を買い、大威張りでシャンゼリゼー通りをずっと通って行きました。頭に本を載せてです。何というか堪らなく幸せな気分でした。これは体験した者じゃないとわかりません。私たちは何かしら物を買うことができるようになり、突然、自分の所有物になった書籍を得たわけです。食べ物

のことは、全然考えなくなりました。自由である気持ちをたっぷり楽しんでいたんです。行きたい所へ行けました。誰も私たちに「それはしてはいけない」とか「そんなことはできない」とかは言いませんでした。私たちは自由の身でした。ポケットにお金は一文もなく、言葉もわからなかったのですが、不安などまったくありませんでした。国境を越えどこへでも行けるという感じが、これはもう素晴らしかったのです！

歴史との遭遇

翌日、私たちはカメラをもって、グレタ・クリングスベルクとイェファダ・バコンに同行し、イスラエルのホロコースト国立記念館ヤド・ヴァシェムへ向かった。この記念館は一九五三年に設立され、エルサレムの西周辺にある「思い出の山」という丘陵の上にある。グレタ・クリングスベルクとイェファダ・バコンが、ホロコースト国立記念館の長い橋を越え、地下に設置されている廊下に年代順に記録されてある歴史にゆっくりとした足どりで歩み寄って行った時、彼らの表情には不快感が漂ってきた。この歴史とは、彼ら自身が体験させられた、国家社会主義、ユダヤ人迫害、ゲットー、強制収容所、死の行進などの歴史だ。

私たちがテレージエンシュタットにおけるゲットーの生活の記録が展示されてある部屋に入ると、二人は大きなスクリーンの前で立ち止まった。その中には、国家社会主義者によって制作された宣伝映画が映っていた。一九四四年八月〜九月にかけて撮影されたこの映画は、実際にヨーロッパのユダヤ人に起こったことが存在しないかのような錯覚に外界を陥らせるもので、テレージエンシュタットの生活が普通で、ほとんど田園的であるかのような感じさえも与えた。

「ちょっと見て、みんなこんな清潔な服を着てるわよ。まるで人形ね！ どこで当時、人形を見たっけ？ この子どもベッドと白衣の医者。みんな嘘よ。何もかも嘘よ」と、グレタ・クリングスベルクが罵倒している。

「隣に並行してある写真があるけど、これは実際どうだったか示している」と、イェファダ・バコンが説明している。突如、映画の中に、舞台に立って歌っている子どもたちと、濃い口髭をつけたブルンジバールが見えた。

「これ、私よ！」と、驚いてグレタ・クリングスベルクが感動した声を立てている。映画の中に見える大勢の娘たちのひとりを指して、それからすぐにチェコ語で歌っている子どもたちに合わせて一緒に歌い出した。

「この映画、全然知りませんでした。イスラエルの親しい女友だちが、私がこの映画に出ていることを教えてくれたんです。『どうして私だってわかったの？』と彼女に聞くと、『大きな鼻、大きな目、これ、あなたよね』そのとおり！ 私はあまり変わっていないようです。年と共に増えたいくつかの皺の他には。私は映画撮影のことを覚えています。特定のシーンでは私たち子どもは、サンドイッチをもらいましたが、あまりにも速く食べてしまったので、係の者はまたサンドイッチを与えなくてはならなくなり

自分の歴史との遭遇――グレタ・クリングスベルクとイェファダ・バコン、
イスラエルのホロコースト記念館ヤド・ヴァシェムを訪問の際

ました」

テレージエンシュタットの数百人の収容者は、この映画のエキストラに強制的に採用され、その中にはユダヤ人の名士が多数いた。彼らの死ぬ最後の映像となることが多かった。撮影が終わりしばらくすると、監督のクルト・ゲロンはじめ撮影チーム全員、そればかりではなく、ほとんどのアーティスト、音楽家もアウシュヴィッツのガス室へ送られて行った。彼らのほとんどは、ブルンジバール上演に関わった者だった。たとえば、作曲家ハンス・クラーサ、音楽家、それから子どものほぼ大多数だ。

一九四四年一〇月二三日には、グレタ・クリングスベルクと妹トゥルーデの名前も東へ送られる移送リストに載っていた。

◤幸いにも、私たちは世話人のラウラ・シンコと一緒に移送されました。私たちに何が降りかかってくるのか、本当のことは知りませんでした。良いことではないことだけは予感していました。すでに東へ移送されて行った多くの友人については、その後何も聞いていませんでした。彼らはただ消えていったのでした。何が私たちを待っているのかを知らなかったのは、おそらく幸運だったのでしょう。アウシュヴィッツに到着した時、もう長い間いた拘留者たちに、「お前らのそんな顔色じゃ、明日にでも、全員ガス室行きだな」と言われました。この人々は、長い収容所生活で精神病になったのだと思いました。彼らは、ここにあまりにも長くいたものだから、頭がおかしくなってしまったのです。私たちには信じられませんでした。アウシュヴィッツで起こったことが実際に人間にできることなのか、今日考えても理解し難いことです。私は、テレージエンシュタットから合計一七〇〇人の人々と共に来ました。その中に、ラウラ、トゥルーデ、そして私が含まれていました。二〇〇人の女性が労働に選び出され、他の者は全員、そのままガス室へ送られました。妹のトゥルーデは、私より1歳年下でしたが、体格はほとんど私と変わりませんでした。テレージエンシュタットでの2年半の生活の後では、誰一人として丈夫な身体ではありませんでした。

トゥルーデは、アウシュヴィッツの傾斜路で異なる方角へ歩かされました。この瞬間が生死を決めるものだとは私たちは知らなかったのです。すべてがもの凄い勢いで流れていきました。「早く、早くしろ」と怒鳴りつけられ、それから私

グレタと妹トゥルーデが一緒の最後の写真

は、トゥルーデを見失ってしまいました。何故？　どうして？　偶然？　運命？　私は、当時これらが何を意味しているのか、トゥルーデの身に何が起こるのか知っていたら、彼女と一緒に行っていたかも知れません。

何度となく聞かれることは、どのくらい私がアウシュヴィッツにいたのかということです。私には、数日間か、数週間かもわかりませんでした。アウシュヴィッツとの遭遇だけでも理解できなかったのです。化学者プリーモ・レーヴィの言葉を借りて表現すると、「人を極めて屈辱的に扱い、人間性を剝奪することがアウシュヴィッツだ」と言えます。私は、そこへ着いた時、ちょうど15歳でした。少なくとも歌を歌って、いくつか普通の物があったテレージエンシュタットでの2年半の生活の後、突然にして言葉にならぬほどの侮蔑的扱い、人間性を失わせるような試みにも会いました。裸にされ、肉体と肉体の間に押し込まれました。一切何も所有していませんでした。その前に一枚の写真でももっていたら、それすらももうありませんでした。ともかく、何も所有物がありませんでした。自分自身の裸体のほかは。もうこれ以上の地獄になることはあり得ませんでした。自分も丸坊主にされ、友だちも見分けられませんでした。女として少しはきれいでいたかったのです。突然、自分が無になりました。幸運かそれとも偶然か、私たちには番号が入れ墨されず、縞模様の囚人服も与えられませんでした。藤色の夏のワンピースが、そのうち投げつけられました。その後長い間、私はこの色が我慢できませんでした。10月末で、ポーランドは決して暖かくはなかったのですが、このワンピース以外に着る物がありませんでした。ひょっとすると、今でも私が病気に対して抵抗力が強いのは、このせいかも知れません」と、グレタ・クリングスベルクはそう言って、頭をトンとたたいた。

またしても私が人間としてすべてを克服できたのは、ラウラを頼ることができたからです。私たちは四六時中いつも一緒でした。一度、私は彼女にマットレスに使っている藁袋の藁を使って、歯ブラシを作るよう強制されました。食べる物も何もなかったにもかかわらずです。まだ覚えていますが、これは人間であろうとする試みだったんですね。これらの試みは人間の尊厳、「私は人間なんだ、これはだれも剝奪できない、お前は私を殺せはするが、私は未だに人間だ」という自意識を取り戻しました。まぁ、こんなように聞こえました。ともかく私はそう感じたんです。◣

グレタ・クリングスベルクと世話人のラウラ・シンコは、アウシュヴィッツから労働収容所があるザクセンへさらに移送された。


◤ケムニッツとドレスデンの間に位置するエーダーアンへ行きました。そこには弾薬用の工場に変えられた工場がありました。この工場で私たちはフライス盤を使って作業をしていました。ここで、ザクセン方言で怒鳴られました。これはドイツ語がわかる人間でもわかり難い方言です。

私は当時15歳で、子どもはどんな状況でも子どもでいるものです。エーダーアンには、女性の親衛隊員がいてアヒルのように歩くので、私たちは「アヒル」と呼んでいました。ある時、私は彼女の歩調を真似して歩くと、作業員は笑い出しました。これは私にとって幸運でした。というのは、もしこの作業員が私がドイツ人女性の真似をしたことがおかしいと思わなかったり、本人が振

16歳のグレタ、解放から数週間後

り返ったりしていたら、私はこうやって今ここに存在していることはなかったでしょう。つまり、私が言いたいのは、子どもというのは、時折自分を囲む環境を忘れて、子どもでいるということです。そして、このことがまさに、命、健康、あるいは大切な精神的健康を助けたりするのです。◢

グレタ・クリングスベルクとラウラ・

シンコの恐怖の輪は、最後には閉じていく。

◥最前線がエーダーアン付近へ近づいて来た時、私たちはまた家畜運搬貨車へ押し込まれました。収容所マウトハウゼンへ移送されるということでしたが、そこはもういっぱいだったので、まずは数日、国を縦横に走っていました。ある日、汽車はボヘミアのある所で止まりました。私たちは運搬貨車から追い出されたかと思うと、行進させられました。それから、ようやくまたテレージエンシュタットへ着きました。私たちは、よほど衰弱して見えたようで、テレージエンシュタットでは誰も私たちのことが認識できませんでした。即座に検疫室へ入れられました。一九四五年春のことでした。それから少し経って、私たちはテレージエンシュタットでロシア軍に解放されたというわけです。◣

ささやかなことの価値について

これらすべてのトラウマ的体験をした後、若い人間として、生命やとりわけ人間性への信仰は失わなかったのだろうか？

◤いいえ、そんなことはまったくありません。何故なら、私の周囲にはいつも信用できる人間がいました。特にラウラはもちろん、そうでした。ラウラは解放されてまもなく、テレージエンシュタットにいた子どもが全員プラハの近郊にある保養所へ行かれるように考慮してくれました。それから、私たちは、収容所から直接、プリミセル・ピッターと助手オルガ・フィーツに保護してもらい、彼らの世話になりました。私たちは、元々はドイツ人企業家のものだった二つの城に、男子はシュテーリンに女子はオレショヴィツェに、収容されることになりました。城は、私たちにとって本当に素晴らしい所でした。まるでおとぎ話の世界にでもいるような感じでした。強制収容所から出て来て、そして今私たちの周囲は、書籍、大きな鏡やらのすべて煌びやかな光景でした。プリミセル・ピッターは、寛容で信じられぬほど行動力に満ちた人間だという記憶が私の中にあります。しかし、イェファダ・バコンとは対照的に、私はプリミセル・ピッターに対して批判的でもあります。彼は一度、ちょうどアウシュヴィッツから戻ってきた私たちに、死とは何かを説明しようとしたことがありま す。これは場違いだと思いました。それ以外は、プリミセル・ピッターは私に偉大な印象を与えたことは確かです。彼は自分が言ったその言葉に生きていること、そして、その人格が一貫性を成していたことが感じられました。これは彼の偉大さだと思います。◣

ピッターの城で数週間過ごした後、グレタはさらにプラハへ移った。

◤ラウラは、アパートを整えた時、私のために一部屋とっておいてくれました。私は彼女の元へ行き、他の子どもと同じように普通になって、チェコの学校へ行きたいと思っていました。しかし、ラウラは、私が後にパレスチナで必要になると思われる英語を習うように主張して譲りませんでした。また、私のために最初のピアノのレッスンも用意してくれました。ラウラは「あなたの才能は音楽よ」と言って、著名なピアニストで、テレージエンシュタットの生存者でもあり、そこで多くのコンサートに出ていたアリス・ヘルツゾンマーに連絡してくれました。私はアリス先生に生徒として受け入れてもらい、ピアノのレッスンがこういう具合で始まったわけです。先生は、ほぼ生涯の終わりまで、規則的にピアノを弾いていらっしゃいました。先生は非凡な人物でした。私たちはその後ずっと連絡を取り合っていました。

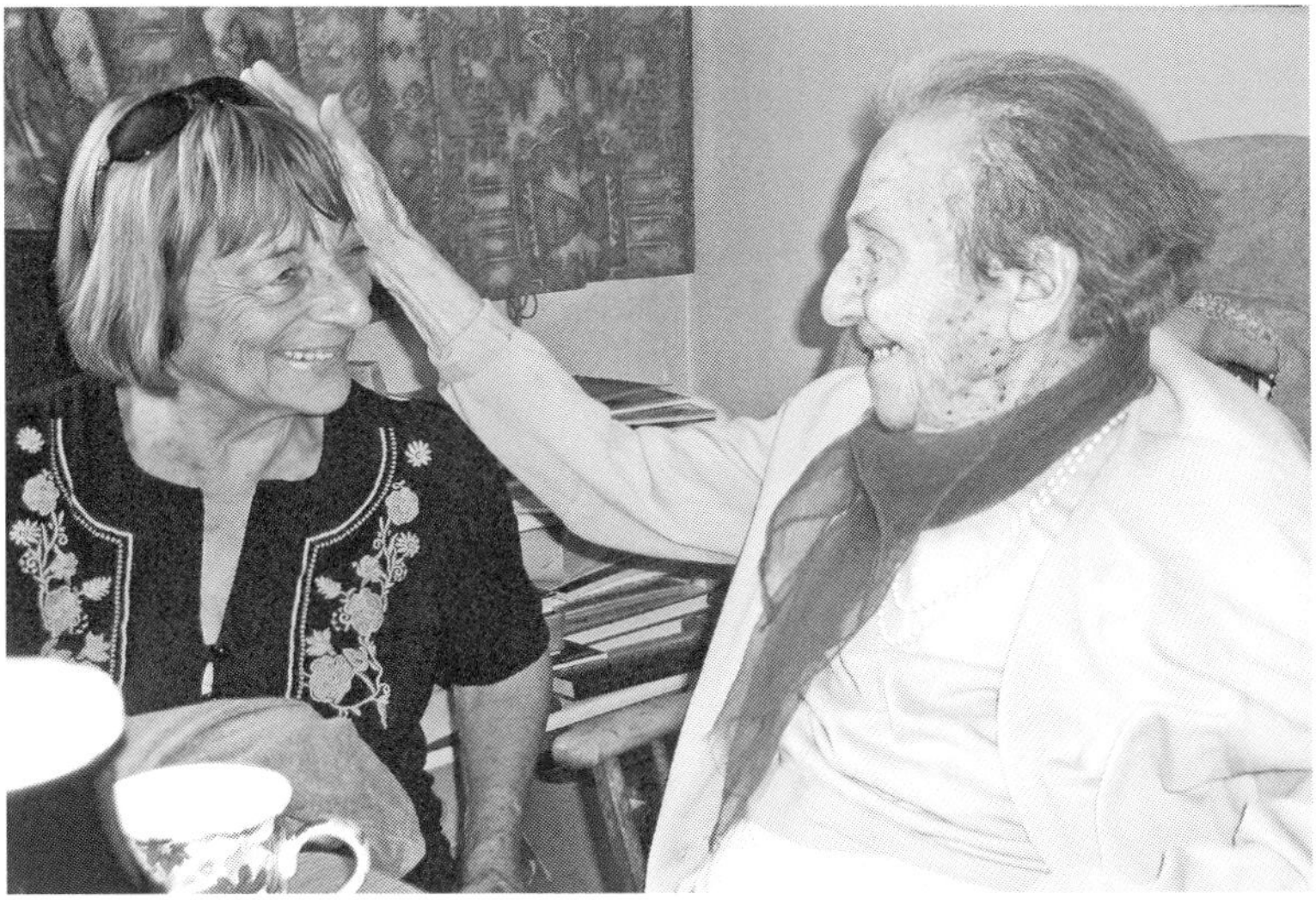

グレタ・クリングスベルクがロンドンで忘れられないアリス・ヘルツゾンマーを訪ねた際に。ヘルツゾンマーは、善意と生命を愛する心で多くの人間の琴線に触れ、2014年2月に110歳で亡くなった

8年来会っていない私の両親に連絡を取ってくれたのもラウラでした。感動的な手紙を彼女は書いています。当時の私は、ラウラに腹を立てていました。それは、パレスチナへは行きたくなかったからです。私は音楽を勉強したかったのです。この砂漠で何をしたらいいのか自問しました。今日では、彼女が私をパレスチナへ行くよう強制したことに感謝しています。

両親の所へ行くために、一九四六年にラウラと別れた時、彼女は私に一枚の写真を手渡しました。裏に次のように書かれてあります。「私の中にはあなたという親友が生涯いることを、あなたには知っておいてほしいの。それから、私のことはいつでも頼りにできるし、そうすべきよ。一九四六年四月

「私の周囲には、いつも信用できる存在がいました。特にラウラはそうでした」
グレタ（中央）1945 年プラハの共同アパートにてラウラ（左）と彼女の姉妹エルザ

二日」

私は、二度とラウラに会うことがありませんでした。私のイスラエルのパスポートでは、共産国チェコ・スロバキアへの入国は許されなかったからです。

一九五九年にウィーンへ訪ねて行った時、ラウラに会いに週末にプラハへ行こうと思っていました。旅費も払ってありましたし、写真も提出し、ビザも申請してありました。でも、国境を越えさせてはくれませんでした。私は、ラウラに二度と手紙を書くことすらもできませんでした。政治が私たちを切り離したのです。一九八九年に壁が崩壊し、鉄のカーテンが開かれた時、ラウラはすでに亡くなっていました。

私は、すべてに耐えて生き抜いてきた

なんて、何て素晴らしいんだろうと再三言われます。実に素晴らしいことですが、本当に大切なのは今後どうするかということです。生き残れたのは、いただいたもので、功績ではないと、私だったら言うでしょう。人と出会って話をし、そこから何かを学んだりすることは素晴らしいことだと思います。それは、他人を認めたり、自分が得意とするもの、才能があるものに拠り所を見出すためです。これができたら、人生は生きる価値があります。私にとっては音楽でしたが、信じられないほど豊かにしてくれるものです。芸術家と言ってしまえば、私にはちょっと大袈裟すぎるかも知れませんが、私はいつも音楽と関係をもっていました。音楽は私にとって単純に人生を意味します。音楽なしの人生など想像できません。人間なしの人生もですが。◣

一九四六年、グレタ・クリングスベルクは、イェファダ・バコンと同じ船でパレスチナの港町ハイファに到着した。

◤ちょうどストライキの最中でしたので、一組のカップルがやって来て「私たちがお前の両親だよ」と言うまで、とりあえず港のキャンプに留まっていました。両親は当時、炊事設備があり海が見える一部屋を間借りしていました。私は、両親が一九三八年にパレスチナへ送っておいた箱をもらいました。その中には何冊かの本と、子どもの時にもらった熊の縫いぐるみ「ブルムベア」が入っていました。この縫いぐるみは、今でももっています。

両親の元で再び暮らしていた時期、うまく合わせることができませんでした。役割分担がすでに

「私が子どもの時にもらった熊の縫いぐるみ
「ブルムベア」は、今でも唸るのよ。聞きたい？」

適当ではありませんでしたし、私は両親より大人でした。私が体験したことを両親に話すのは、無理な話でした。どうやって妹が死んでいったかなんて、どうなふうに両親に話したらいいんでしょうか？　両親もこれについては聞きませんでした。辛い時代でした。それでも何とか、ひとりで自分が体験したことを処理していかなければならず、ミュンヒハウゼン男爵（『ほら吹き男爵の冒険』の主人公）で架空ではなく実存した人物のように自分自身を泥沼から救い出さなければいけません。この画像を未だに例として考えています。誰も私の話を聴こうとする人はいません。考えられないことですが。私がアウシュヴィッツという場所を通って経験してきたこと、すべて体験したことを、そしてどうにかこうにか、まぁ普通に抜け出したことを今日認識すると、自分でもほとんど理解することができません。もちろん、家族や親しい友だちは、困難を克服するのに、手助けしてはくれますが、結局、最後には自分で抜け出すしかありません。

　私は、じきに町での生活が恋しくなりました。両親と半年暮らしてから、エルサレムへ行き、音楽大学で勉強をはじめました。距離を置いたことで、結果的には私と両親の関係は良くなっていきました。週末には頻繁に実家へ帰り、ゆっくりと互いを知り合うようになりました。両親は品行方正な人間で、すべて時間が解決してくれました。

私が公の学校教育を受けたという証明は2年だけだったので、残念ながら、音楽大学での勉強を終えることができませんでした。いつも何かが途中で起きました。イスラエルでは一九四八年に戦争があり、私は傷を負いました。しかし、その間に私は、五ヵ国語を勉強し、音楽教育を終えました。私はアラビア語も話し、イスラエルではパレスチナの友だちも数多くいます。これは私にとって、全然問題ではありません。ほぼ30年間、私はイスラエル放送局に勤めていました。退職までは、音楽資料と、外国の音楽制作の購入も担当していました。私は、プロ並みのレベルのラジオ合唱とアカデミー合唱で歌っていて、いろいろな所へも行きました。こういうわけで、私は音楽に忠実でした。夫のルーベンとも、とても和やかな関係が30年以上続いています。夫は、私が自分の過去について話せた最初の人間でした。

グレタの調理台にある多種のアルバムの中をかき回して、私たちは彼女の過去を探した。

歴史の本をめくるように、私にはもう個人的に何の感動もありません。これでいいんだと思います。どうしたら過去にしがみついていられるか、またそんなことを本当にするべきか、どのくらい次の世代に与えられるか、そしてそれが役に立つのかは、私にはわかりません。歴史から何かを学ぶことができるのか、あるいは学んだのか？　これらの問いは、もっと重要な人物が答えを出さなければいけません。私は、自分の過去を忘れることは絶対にないでしょうし、忘れはしません。

結局は私に影響を及ぼしたのですから。でも、喜びを与え楽しくなるような他のことが人生にはあります。これを拠り所とすべきです。

ここにあるのは、私がある女友だちにテレージエンシュタットで一九四三年に書いたアルバム・シートです。

「人生は、やはり生きるためにある。これに内容を与えなくてはいけない」。14歳の時に私が書いたものです。警告は次に続きます。

「自分がもっている才能に生きよ。自分が所有しているすべてを与えよ」。14歳ながら、とても賢いのです。物質的な物は、私にとって、常に大切なものではありませんでした。こんなものはあっという間にその価値を失うのを、私は体験を通して知っていました。ですから、別の価値観をもっていました。アルバム・シートの美しいのは、そこに私が書いたすべてのものが、今日でも私にとって価値のあるものだということです。たとえて言えば、庭仕事の道具、質素な衣類、多数の楽譜、そして楽譜の下に私は『売られた花嫁』の冒頭を書き込みました。「私たちは、愛する神に健康を与えられたら、喜ぶべきじゃないか？」これは、強いて言えば、私の人生哲学です。たとえば一冊の本、一個のトランク、ひとつの庭道具、そして多数の楽譜です。これなんですよ。些細な単純な物が人生本来の価値を形成しているんです。これを認識すべきです。これが自分の体験した時期から学んだことです。◣

彼女が別れ際に、私たちと連れ添って庭を通った時に、語ったことは、

◤幸運、それとも偶然? 私にはわかりません。ともかく、私は喜んで生きているし、人間が好きです。全世界を改善しようとは思っていませんが、それでも全力を尽くします。いつか言ったことですが、生き残ったというのは、功績ではありませんが、そこから何かをすることは、大切だと思います。私は、誰も傷つけようとは思いません。そして、自分の家族に代わるいい友だちをたくさんもっています。ある言語から他の言語へ散策するのは楽しいものです。これは、人と人の間にある橋のようなものです。知ってのとおり、私は食べるのも飲むのも好きです。それから、この世にある最も美しいもののひとつである音楽も好きです。そして、自然もです。ちょっと見て。これ、私が植えたラベンダー! それから、青、黄、オレンジに咲いている隣に見える色とりどりのものも。これらはみんな、私が意識してこう植えたんです。◢

私たちは、グレタ・クリングスベルクと庭で別れた時、素晴らしい人と知り合っただけではなく、ここで多くの美しい花が咲く友情の種がまかれたという意識をもった。

あとがき

生存者の遺言

生き続ける者は、砂金が手に残るまで、時間に触れた
ネリー・ザックス

ホロコースト生き証人の一連が、明るみに出て来ている。生存者たちも自覚していることだが、彼らは次世代へ自らの遺言を伝えるべきだという切迫感を抱いている。荷の重い遺言だ。それでもその中には、我々と次世代にとって重要な意味をなす類い希な知恵と人間性の宝庫が秘められている。何故ならば、自己の体験を通して、苦痛に満ちた、圧倒する生活状態をどうやって制していくかを我々に示すことができるのは、ホロコーストの生存者たちだからだ。彼らの体験は、存在に関わる、結局回避できない人生の問いかけの前に、我々全員を立たせている。例えば、すべてを剥奪されたら、何が残るのか？　何に頼るのか？　自分とは本当は誰なのか?誰が自分の味方になってくれるのか?

これらの非凡な人物との遭遇は、我々自己の人生にとっても指針となった。彼らとの対話によって、人生が一回限りの極めて貴重なものであることを認識させられた。彼らの絶えることのない生きる勇気は、全く新たな角度から自己の生命を尊重し続けることと、より信頼と余裕をもって人生の困難に当たることを、我々に教えてくれた。また、彼らが語ったことは、とりわけ、抵抗と一市民の勇気がいかに大切であるか、いかなる形の除外や不寛容に対しても抵抗する姿勢を示すことがいかに必要であるかを、我々により明確に示してくれた。したがって、アウシュヴィッツ生存者のメッセージは、まさに時事的であり、同時に時代を超えたものでもある。

彼らは自分の人生をもって、ホロコーストの計り知れない苦しみの他にも、掛け替えのない、希に見る何か

が存在していることを証明している。例を挙げれば、人間性が非人間性を制した勝利が、人間の中に善を見ようとする破壊できない信仰の中にも現れているということだ。

国家社会主義の強制収容所から生き延びた人々は、大きな不安をもって、ドイツおよびヨーロッパにおいて勢力を伸ばしているネオ・ナチズムを見ている。二〇〇九年にベルリンで全世界のホロコースト生存者が署名した「生存者の遺言」は、これにより特別な衝撃と切迫感を受けたことになる。

「最後の証人たちは、人間が思い出し記念する能力を将来も守り、また尊重することを、ドイツおよび他のすべてのヨーロッパ諸国に働きかけている。我々は、若い人々がナチ思想に反対し、正当で平和な、そして寛容な世界のために戦いを続けるよう願っている。反ユダヤ主義、人種差別主義、排外思想、それに極右主義が存在する余地がない世界のために。これが我々の遺言であるべきだ」(17

この本が生存者の遺言を守り、反ユダヤ主義、排外思想、それに極右主義に反対する明白な意思表示を出すことに貢献することを願っている。

ノーベル平和賞受賞者でアウシュヴィッツ生存者のエリ・ヴィーゼルは、一度次のようなことを語っている。「証人の声に耳を傾ける人は、その人自身も証人になる」本書を読み終えた敬愛なる読者の皆さんも、我々同様に証人となったのである。皆さんは、人が人にどんな危害を加えることができるかという証人であり、人が非人間的な行為に抵抗できるという証人でもある。この本の中に登場する生存者らとの遭遇によって、読者は、自分自身の人生が掛け替えのないものだということを、かつてないほど自覚できたのではないか。読者の皆さんは、人間の価値がもしも危機にさらされている場所があるならばどこでも、寛容と和解を支持するために、活動しようと決意をしたかも知れない。もしそうであるなら、我々と共にアウシュヴィッツ生存者のメッセージを守り、さらに引き継いで行こうではないか。

訳者あとがき

この本の原題は「MUT ZUM LEBEN」で、4人のホロコースト生存者がこの中で語っている。原題が示唆するとおり、生きる勇気、生き延びる勇気を語りかけている。人間が極限状態に追いやられた時、何ができるか、何に頼って生きるかを如実に物語っている。

強制収容所が解放されて今年で70周年を迎える。4人のホロコースト生存者が述べているとおり、生存者は年を重ねる毎に残り少なくなってきている。長い間、沈黙してきた生存者の中でも、最近になってようやく自分の体験を語り始めた人々も徐々に出てきた。戦後しばらくドイツは経済復興、個人的にも慌ただしく日常生活に振り回されていたに違いない。そうした中で、戦中に起きた出来事を話しても、聞く耳を持つ者が皆無だったのは想像に難くない。ホロコースト生存者が自分史について語ることがなかったのは、以上のような事情なのだろう。しかし、近年になってその沈黙が少しずつではあるが破られてきている。恐らく、ホロコースト生存者は、生きているうちに伝えておかなければ永久に自分たちの体験は忘れ去られていくのだという危機感に迫られているのかも知れない。危機感のみではなく、むしろ自分たちに課せられた義務だと思っているのかも知れない。

一部の読者には、今さら何かと思われる方々もいるかと思う。だが、今だからこそ、過去の人類史に残る痛ましい事実に目を向けてもらいたい。一応ドイツは89年のベルリンの壁崩壊以来、東西の国境がなくなったわけだが、現実を見ると、政治、イデオロギーの面でも、また個々人の考え方でも、東西には未だに深い溝が存在している。どこの国でもそうだが、民主的で自由主義的な思想をもっている人々、それとは全く正反対で排外的・極右的思想をもっている人々が存在するものだ。この点ドイツは、物理的には東西の壁は崩壊したものの、現在に至るまで個々人の意識の中には根強く心理的壁が聳え立っていると言える。昨年の暮れから年明けに掛けて話題を呼んだ排外思想運動も、ドレスデンを中心に起こり、東西ドイツで数回にわたり活動デモが行われた。これに対抗する反対デモも同時に発生し、西側では排外思想デモ数の人数を上回ったようだが、とりわけ東ドイツでは何千人もの一般市民の支持を得て、活動デモが行われたのを見ると、東側では未だに民主的且つ自由主義的な思想は普及していないと言える。このデモは、ユダヤ人、イスラーム系の人々、難民、恐らく外国人全体に向けられた排外思想である。あのような悲惨なホロコーストを起こした、ここドイツで、このような活動デモが行われているというのは、全く信じがたい話だ。本書で4人のホロコースト生存者が叙述している如く、人類史に残るあのような大惨事は、どんなことがあっても二度と繰り返してはならないのだ。それには自ら歴史を学び後世に伝えていかなければならない。

本書を通して学んだことは、いかに人の絆が大切なものか、そして些細な日常生活を営めることがいかに感謝すべきことなのかということに尽きると思う。さらに、今まで当たり前だと思っていたことにも、本当にありがたい気持ちで受け止められるようになった気がする。読者に多少なりともこの気持ちを伝えることができたら、何よりも嬉しく思う。

最後に、日本版刊行の意義を認めていただいた原書房の関係者一同、とりわけ適切な助言をしてくださった同社編集部の永易三和氏に対し、訳者として衷心から感謝の意を表す。

二〇一五年六月

笠井　宣明

略歴　エスター・ベシャラーノ

1924年12月15日、ザールルイで、ルードルフとマーガレーテ・ロェーヴィの四番目の子どもとして生まれた。ロェーヴィ家は、1925年にザールブリュッケンへ、それから1936年にウルムへ引っ越して行った。父親は、ウルムで聖歌隊長としてユダヤ人団体の世話をしていた。1941年、エスターはフューステンヴァルデ/シュプレーの近郊にあるノイエンドルフ強制収容所へ連れて行かれた。2年後の1943年4月20日、ベルリンの中継収容所に収容されていた人々はすべて、家畜運搬貨車でアウシュヴィッツへ移送された。ここでエスターは、アウシュヴィッツの女性オーケストラでアコーディオンを弾いていたので、生き延びることができた。1943年の終わりに、彼女はラーフェンスブリュック強制収容所へ移送され、そこでシーメンス社の弾薬工場で強制労働をさせられた。1945年、死の行進の際に、仲間と共に逃亡することに成功した。

戦後、エスターは、両親と姉のルートが殺害されたことについて知らされた。パレスチナへ移住し、そこで声楽を勉強している。1950年、ニッシム・ベシャラーノと結婚し、1999年夫の死まで共に暮らした。夫婦の間には、二人の子どもヨーラムとエドナが生まれている。1960年、エスターは、家族を連れてドイツへ戻り、現在までハンブルクに住んでいる。生き証人として依頼されることが多いエスターは、ドイツ連邦共和国のアウシュヴィッツ委員会会長であり、ナチ政権迫害者の会の名誉会長でもある。また、数年前からヒップ・ホップ・バンド「マイクロフォーン・マフィア」と共に舞台へ上がっている。一緒に歌うのは、ユダヤの抵抗とファシズムに対する抵抗の歌だ。エスター・ベシャラーノは、多くの名誉や表彰を受賞している。その中でもとりわけ、平和と国際理解のためのたゆまぬ活動によって、ドイツ連邦功労十字大勲章を受けていることは言及に値する。

略歴　エーファ・プスタイ

1925年10月25日、東ハンガリーの都市デブレツェンで生まれ、ユダヤ系のブルジョア大家族で育った。1944年4月29日、彼女は両親デジョー、イルマ・ファヒディ、それと8歳年下の妹ギリケと共に、アイヒマン部隊の協力を得たハンガリー地方警察によって、ゲットーへ無理やり連れて行かれた。2週間後、家族は家畜運搬貨車でアウシュヴィッツ・ビルケナウへ移送され、そこの荷役ホームでヨゼフ・メンゲレによって選別された。ギリケと母親は、即座にガス室へ送られ殺害された。父親は、拘留中に死亡した。アウシュヴィッツ絶滅収容所へ来てから6週間後、エーファは、ブーヘンヴァルト強制収容所の外部収容所ミュンヒミューレへ回され、ダイナマイト社の爆発物工場で強制労働をさせられた。戦争末期の1945年、死の行進の際、逃亡に成功した。それから、故郷へ引き返し、まもなく結婚した。マルクス主義が希望を抱かせた、より良い世界へ託す彼女の期待は、ハンガリーの共産主義的独裁者の下で、すぐに打ち壊されてしまうことになる。当時、見せしめのための公開裁判が共産主義者によって行われており、かつての夫は逮捕され、エーファ自身も「階級を下へさげられた社会構成分子」にされた。失敗に終わった革命後の1956年、彼女は国有の貿易関係の仕事に従事して、ベルリンの壁崩壊のあった1989年には、自分で小さな貿易会社を設立している。エーファは、数多くの名誉を受け、その中でも、とりわけ言及しておかなればならないのは、ドイツ連邦功労十字勲章を受章していることだ。2014年には、強制労働に強いられた地、シュタットアレンドルフから名誉市民の称号が与えられた。彼女はブダペスト在住で、「ホロコースト活動家」としてヨーロッパ中を飛び回っている。

略歴　イェファダ・バコン

1929年7月28日、メーリッシュ・オストラウ（今日チェコのオストラヴァ）で生まれ、ここで父親は、工場で皮革業を営んでいた。1929年、彼は両親と姉のハンネと共にテレージエンシュタットのゲットーへ収容され、一番年上のレラは、1939年にパレスチナへ移住することができた。イェファダは、テレージエンシュタットで、同様に強制収容所で監禁されていた著名な芸術家たちに初めて美術の手ほどきを受けた。1943年の終わりに、バコン家はアウシュヴィッツ・ビルケナウへ移送され、その後、テレージエンシュタットから来た他のユダヤ人拘留者2500人と一緒に「チェコの家族収容所」へ送られて行った。1944年7月に、収容所は閉鎖された。イェファダの父親は、ガス室へ送られ、母親とハンネは、シュトゥットホーフの収容所へ移送され、解放直前にそこで二人とも死亡している。イェファダは、絶滅収容所で、後に「ビルケナウ・ボーイズ」と呼ばれる89人の他の少年たちと重労働に課せられた。1945年1月からの死の行進は、彼をマウトハウゼンからグンスキルヒェンへ連れ出し、ここでイェファダは1945年5月8日に解放を体験した。戦後、彼は最初、チェコの教育者プリミセル・ピッターが運営していたプラハ近郊の養護施設で暮らしていた。1946年にパレスチナへ移住し、エルサレムのベツァルエル美術デザイン学院で勉強をはじめた。彼の世話役フーゴ・ベルクマンのおかげで、マルティン・ブーバー、ゲルショム・ショーレムを囲むエルサレムの文化人の仲間と親しい関係を結ぶことができた。1959年、イェファダ・バコンは、ベツァルエル美術学校の教授として招聘された。今日、彼はエルサレムで芸術家として暮らしている。彼の作品は多くの美術館に展示され、その中には、エルサレムのヤド・ヴァシェム・ホロコースト記念館、ロンドンの大英博物館、そしてヴュルツブルクのドーム博物館がある。

略歴　グレタ・クリングスベルク（旧姓ホーフマイスター）

1929年9月11日、ウィーンで出生した。1938年、オーストリアが合併した後、両親と妹のトゥルーデと共にチェコのブルノへ逃げた。両親は、ここからパレスチナへ不法入国することに成功した。二人の娘を施設へ残し、後から迎えに来るつもりだったらしいが、計画は失敗に終わった。ドイツ軍がチェコ・スロバキアへ侵入してから、グレタと妹はまず、チェコ・ユダヤ系養護施設へ行き、1942年に二人はテレージエンシュタットへ移送されて行った。ゲットーで、グレタは、ハンス・クラーサの伝説的な子どもオペラ『ブルンジバール』で主役を50回以上も演じて歌った。1944年10月23日、グレタと妹のトゥルーデは、アウシュヴィッツ・ビルケナウへ運ばれて行った。トゥルーデはここで殺害され、グレタは選別された後、ザクセンのエーダーアンへ移送された。ここの弾薬工場で強制労働をさせられた。戦争の終わる頃、再びテレージエンシュタットへ連れて行かれ、ここで1945年の春、赤軍によって解放された。

チェコの教育者プリミセル・ピッターの保護下にある養護施設での1年間の仮の滞在後、彼女は、1946年にイェファダ・バコンが乗っている船に同乗してパレスチナへ亡命し、両親と再会した。声楽を学んだ後、彼女はエルサレムでイスラエル放送局に勤め、有名なイスラエルの合唱団の一員となった。グレタ・クリングスベルクは文学研究者のルーベン・クリングスベルクと結婚し、現在、世界的に活躍している生き証人である。

Herz-Sommer, Alice: *Ein Garten Eden inmitten der Hölle*, Droemer: München 2006.
《地獄の真っただ中のエデンの園》
Kacer, Kathi: *Die Kinder aus Theresienstadt*, Ravensburger Buchverlag: Ravensburg 2003.
《テレージエンシュタットから来た子どもたち》
Kertész, Imre: *Roman eines Schicksallosen*, rororo: Reinbek 1999.《運命を克服した者の物語》
Kertész, Imre : *Sorstalanság*, 1975. 邦訳：『運命ではなく』、国書刊行会、2003
Kogon, Eugen: *Der SS-Staat. Das System der deutschen Konzentrationslager*, Nikol: Hamburg 2014. 邦訳：『SS 国家―ドイツ強制収容所のシステム』、ミネルヴァ書房、2001
Lanzmann, Claude: *Shoah*, rororo: Reinbek 2011. 邦訳：『ショアー』、作品社、1995
Rees, Lawrence: *Auschwitz. Geschichte eines Verbrechens*, List: Berlin 2007.
《アウシュヴィッツ：犯罪の歴史》
Schüle, Annegret: *Industrie und Holocaust. Topf & Söhne - Die Ofenbauer von Auschwitz*, Wallstein: Göttingen 2010.
《産業とホロコースト：トップ＆ゾーネ　アウシュヴィッツのストーブ製造会社》
Wecker, Konstantin: *Meine rebellischen Freunde*, München: Langenmüller 2012.
《私の反抗的友だち》

編集注

《　》のついた書籍は、日本語版が出版されていないが、意味がわかるように記している。

参考文献

Antonovsky, Aaron: *Salutogenese. Zur Entmystifizierung der Gesundheit,* dgvt: Tübingen 1997.
《発生：健康を非神秘化するために》

Ausländer, Rose / Celan, Paul / Lasker-Schüler, Elsen / Sachs, Nelly: *Das dunkle Wunder. Mit Zeichnungen von Yehuda Bacon*, Gnadenthal 2003.
《暗い奇跡：イェファダ・バコンのデッサンから》

Bejarano, Esther: *Erinnerungen. Vom Mädchenorchester in Auschwitz zur Rap-Band gegen Rechts*, Laika: Hamburg 2013.
《メモリー：アウシュヴィッツ女子合唱団から右翼と戦うラップバンドまで》

Bejarano, Esther: *Man nannte mich Krümel. Eine jüdische Jugend in den Zeiten der Verfolgung, hrsg*. vom Auschwitz-Komitee der Bundesrepublik Deutschland, Curio: Hamburg 2002.
《私はチビと呼ばれていた：迫害を受けたあるユダヤ人の青春》

Brenner-Wonschik, Hannelore: *Die Mädchen von Zimmer 28. Freundschaft, Hoffnung und Überleben in Theresienstadt*, Droemer: München 2004.
《28 号室の娘たち：友情、希望、そしてテレージエンシュタットでの生き残り》

Celan Paul: *Mohn und Gedächtnis*, DVA: Stuttgart 1952.
邦訳：『罌粟と記憶』「パウル・ツェラン全詩集 第 I 巻」、青土社、2012

Des Pres, Terrence: *Der Überlebende - Anatomie der Todeslager*, Klett-Cotta: Stuttgart 2008.
《生存者：絶滅収容所の解剖学》

Durlacher, Gerhard: *The Search. The Birkenau Boys*, Serpent's Tail: London 1998.
《捜索：ビルケナウ・ボーイズ》

Fahidi, Éva: *Die Seele der Dinge*, Luka: Berlin 2011. 《物事の魂》

Frankl, Viktor E.: *...trotzdem Ja zum Leben sagen. Ein Psychologe erlebt das Konzentrationslager*, dtv: München 1982. 邦訳：『それでも人生にイエスと言う』、春秋社、1993

Gerlach, Christian/Aly, Götz: *Das letzte Kapitel. Der Mord an den ungarischen Juden 1944-1945*, Fischer TB: Frankfurt am Main 2004.
《最後の章：1944 年から 1945 年までのハンガリー系ユダヤ人殺戮》

Glass, Bernhard: *Zeugnis ablegen. Buddhismus als engagiertes Leben*, Edition Steinrich: Berlin 2012. 《証を立てる：打ち込んだ人生としての仏教》

Gruen, Arno: *Dem Leben entfremdet. Warum wir wieder lernen müssen zu empfinden*, Edition Steinrich: Berlin 2012.
《人生疎外：何故我々は感じ取ることを再び学ばなければいけないのか》

注 釈

1 Viktor E. Frankl, ...trotzdem Ja zum Leben sagen, München 1982, S. 110.
邦訳『それでも人生にイエスと言う』春秋社、1993

2 Paul Celan, Mohn und Gedächtnis, Stuttgart 1952, S. 38. 邦訳『罌粟と記憶』パウル・ツェラン全詩集 第1巻、青土社、2012

3 Konstantin Wecker/Christa Spannbauer, Meine rebellischen Freunde, München 2012, S. 107.『反骨精神の友人たち』

4 ヨゼフ・メンゲレ博士は、1943年5月から1945年1月までアウシュヴィッツ収容所における医師であった。選別の際、彼はわずかに一瞥しただけで素早く指図をして、前に出されて来た数千人の生死の運命を決定していた。また、メンゲレ博士は、残酷な人体実験でも恐れられていて、特に関心を持っていたのは双子で、双子を使った実験をしていた。拘留者には、その洗練された外見から「死の天使」と呼ばれていた。戦後、メンゲレ博士は南米へ逃亡し、自分の行為に関して責任を問われることを免れた。ホロコーストの歴史上で、彼の名は人類に対する残酷極まりない犯罪を象徴している。

5 Éva Fahidi, Die Seele der Dinge, Berlin 2011, S. 21.『物事の魂』

6 同上

7 Éva Fahidi, 同上 10 頁

8 https://www.asf-ev.de/de/ueber-uns/geschichte.html

9 Mathias Korn, »Ein Fortschreiten hin zum Leben«, in: Rose Ausländer/Paul Celan/Elsen Lasker-Schüler/Nelly Sachs, Das dunkle Wunder. Mit Zeichnungen von Yehuda Bacon, Gnadenthal 2003, S. 9.『生命への肯定的進行：イェファダ・バコンのデッサンから』

10 Paul Celan, Mohn und Gedächtnis, S. 38. 邦訳『罌粟と記憶』パウル・ツェラン全詩集 第1巻、青土社、2012

11 H. G. Adler の Mathias Korn, »Ein Fortschreiten hin zum Leben« 前掲 8 頁

12 Chandravali D. Schang (Hrsg.), Leben und Weisheit der Glückseligen Mutter Anandamayi Ma (fabrica libri), Schalksmühle 2011, S. 163.『至福の母親アナンダマイマの人生と知恵』

13 Fredy Hirsch, Vortrag zum einjährigen Bestehen des Jugendheims L417, Typoskript, Jüdisches Museum Prag, Sammlung Terezin, Inv.-Nr. 304/1, zitiert nach: Hannelore Brenner-Wonschik, Die Mädchen von Zimmer 28, München 2004, S. 23.『青少年保護施設 L417 創立一周年記念講演』『28 号室の娘たち』からの引用

14 Rat der Jüdischen Gemeinden in Böhmen und Mähren (Hrsg.), »Musik in Theresienstadt«, in: Ders., Theresienstadt Wien 1968, S. 261 ff., zitiert nach: Hannelore Brenner-Wonschik, ebd.『テレージエンシュタットの音楽』『テレージエンシュタット』からの引用

15 Hannelore Brenner-Wonschik, 前掲 182 頁

16 同上

17 http://www.auschwitz.info/de/essentials/wichtige-texte/das-vermaechtnis-der-ueberlebenden.html

クレジット

画像

Umschlagfoto: Lisa Günther Fotos der Autoren: Christa Spannbauer: Thomas Fr.hlich; Thomas Gonschior: privat S. 109, S. 145: Yehuda Bacon; S. 20, S. 23, S. 33: Esther Bejarano; S. 60: Bianca Nixdorf; S. 16, S. 42, S. 43, S. 100, S. 102: Lisa Günther; S. 36: Ingo Johannsen; S. 157, S. 159, S. 160, S. 161, S. 174, S. 179, S. 182, S. 184, S. 185, S. 186: Greta Klingsberg; S. 171: Gabriele Knoch; S. 68, S. 70, S. 78, S. 84: .va Pusztai; S. 90: Gabor Putyora; S. 50, S. 59: Sven Christian Schramm; S. 10, S. 52, S. 62, S. 66, S. 87, S. 96, S. 97, S. 104, S. 116, S. 143, S. 152, S. 155, S. 177: Christa Spannbauer; S. 92, S. 93: Topf & S.hne; S. 166: Yad Vashem Fotoarchiv, Jerusalem (Szenenfoto der Brundib. r-Aufführung aus dem NS-Propagandafilm. Theresienstadt., 1944)

絵画とグアッシュ

S. 107, S. 112, S. 118, S. 131, S. 138: Yehuda Bacon; Sammlung des Yad Vashem Art Museum, Jerusalem, Leihgabe des Künstlers: S. 123, S. 126, S. 140: Yehuda Bacon

引用

Zitat S. 15 aus dem Gedicht: .Chor der Geretteten., in: Sachs, Nelly: Fahrt ins Staublose, Suhrkamp: Frankfurt am Main 1961. Zitat S. 191 aus dem Gedicht .Die Fortlebenden haben die Zeit angefa.t. in: Sachs, Nelly: Glühende Rätsel, Suhrkamp: Frankfurt am Main 1965.

MUT ZUM LEBEN
Die Botschaft der Überlebenden von Auschwitz

Copyright © 2014 Europa Verlag GmbH & Co. KG, Berlin • München • Wien

Japanese translation rights arranged with Literarische Agentur Kossack
through Japan UNI Agency, Inc.

生《い》きる勇気《ゆうき》

アウシュヴィッツ70年目《ねんめ》のメッセージ

2015年7月30日　第1刷

著者　クリスタ・シュパンバウアー
　　　トーマス・ゴンシオア

訳者　笠井《かさい》　宣明《よしはる》

装丁　川島進　（スタジオギブ）

発行者　成瀬　雅人
発行所　株式会社　原書房

〒160-0022 東京都新宿区新宿1-25-13
電話・代表　03-3354-0685
http://www.harashobo.co.jp　振替　00150-6-151594
印刷・製本　中央精版印刷株式会社
© Yoshiharu Kasai 2015
ISBN 978-4-562-05178-6 C0098　Printed in Japan